ALBERTO CHIMAL
LOS ESCLAVOS

MAR ABIERTO
narrativa contemporánea

DERECHOS RESERVADOS
© 2008 Mauricio Alberto Martínez Chimal
© 2009 Editorial Almadía S.C.
Avenida Independencia 1001
Col. Centro, C.P. 68000
Oaxaca de Juàrez, Oaxaca
Dirección fiscal:
Calle 5 de Mayo, 16 - A
Santa María Ixcotel
Santa Lucía del Camino
C.P. 68100, Oaxaca de Juárez, Oaxaca

www.almadia.com.mx

Primera edición: febrero de 2009
Primera reimpresión: octubre de 2009

ISBN: 978-607-411-011-1

Impreso y hecho en México

ALBERTO CHIMAL
LOS ESCLAVOS

Almadía

a)

*Digo mis principios y lo digo deliberada-
mente: pues no me han sido dados al azar
como a las demás mujeres…*

CHODERLOS DE LACLOS

1

Marlene enciende las luces.

2

Detrás de la cama hay unas cortinas rojas, un poco sucias y desgarradas en los bordes superiores. La cara del Potro, inexpresiva, siempre con los labios hacia delante y los párpados entrecerrados, sólo enrojece levemente con la llegada de la excitación. Podría ser un muñeco, con cabello artificial implantado en la cabeza y dos ojos de cristal oscuro, secos y brillantes: hace muchos años un cliente le habló a Marlene de autómatas, juguetes de acabado finísimo, insuperables en la artesanía de sus músculos fingidos, sus pieles de plástico suave y oloroso, sus engranes y bandas secretas destinados a regir los pulsos del sexo que aquí, ahora, con *este autómata*, de pronto y sin más ceremonias no sólo se ha levantado, enorme y ciego y fiero, sino que ya está en el interior de Yuyis, quien quiere actuar un poco y, entre gemidos, mueve la pelvis de izquierda a derecha, de vuelta, la sube y la baja, mientras las sábanas de la cama se desordenan y se arrugan bajo el peso de los cuerpos desnudos.

Marlene, quien los mira a través del ocular, ha pensado mucho en la cara de piedra del Potro y en el misterio que le permite moverse sobre Yuyis y adentro de Yuyis como si estuviera dormido o muerto. Pero nunca ha formulado la pregunta con palabras: cuando no piensa en el autómata, del que sólo tiene una imagen vaga, piensa en una muñeca inflable, de boca siempre abierta en un círculo rosa y tres pestañas pintadas sobre cada ojo. De modo que sólo puede seguirse admirando, mientras mueve la cámara para verlo todo, del vigor inextinguible del Potro, de cómo ataca y ataca y vuelve a atacar, de cómo, incluso, su velocidad no decrece sino aumenta cuando él y Yuyis han superado la marca de los diez minutos y la muchacha empieza a quejarse de otra manera y el autómata sigue y sigue, siempre con el mismo empuje, cuando mucho con un poco de humedad en la frente y una vacilación, una nimia falta de firmeza, en los labios, que la lente enfoca (en un primerísimo plano) cuando se entreabren y dejan ver un colmillo afilado, amarillento, puntiagudo como el de un animal, que en su pequeñez y tosquedad se ve mucho mejor que la sonrisa tensa de Yuyis, falsa, repleta de incisivos cuadrados y terminada en las encías rojas a donde no llega la luz. La muchacha tiene las piernas tan abiertas como al principio pero está meramente cansada: rendida a ese esfuerzo diferente que el del Potro, deseosa de terminar.

3

—Aquí es donde hago mis cosas —dice Marlene.

Asombrados, los dos distribuidores —venidos aquí especialmente desde la capital— observan la calidad de los decorados que se guardan en uno de los cuartos del piso de arriba. Ya han visto la variedad de las películas: un catálogo de más de doscientos títulos elaborados aquí, sin interferencia de nadie.

—Todo lo hacemos aquí —dice Yuyis, pero su desnudez perturba a los dos hombres, de modo que Marlene la hace callar. Los hombres no se relajan: Yuyis, además, está encadenada por el cuello a una argolla de metal fija toscamente al piso de cemento. Hay argollas semejantes en varios cuartos de la casa.

Marlene la suelta.

—Fuera —le ordena, y ella se marcha. Camina ligeramente encorvada y con la vista fija en el piso. Los dos hombres ya la han visto en varias de sus mejores escenas.

4

El hombre es repartidor de pizzas, diría el texto en la caja (pero las cajas nunca llevan textos, ni fotos, ni nada). *El hombre llega a la casa. Su aparición es un poco rara en este lugar, al borde de la carretera y del que parten dos calles polvorientas, y más aún porque la casa está iluminada con focos rojos, azules, verdes y amarillos, como el escaparate de una tienda de baratijas, y porque la motocicleta del repartidor trae pintado sobre su tanque y en la caja contenedora, como invi-*

tación para hacer pedidos, números telefónicos de otra ciudad, con más dígitos. Pero cuando el hombre toca el timbre, Yuyis abre y de inmediato se pasa la lengua por los labios, con lo que el hombre (que es repartidor de pizzas pero lleva desnudo el torso firmísimo, y además se lo ha aceitado hasta hacerlo resplandecer) tira al piso la caja de pizza y le arranca la blusa a Yuyis y la tira en la cama, que está justo detrás de ellos y es el único mueble en toda la estancia.

5

Marlene no tiene ya la apariencia de cuando ella misma salía en películas, pero sigue siendo guapa. En cualquier caso, sólo se permite una coquetería, y es sólo para ella: cuando se sienta ante su mesa de trabajo, puesta en medio del comedor vacío de la casa, se mueve sobre el asiento de un lado para el otro y deja que los bordes de su falda comiencen a subir por sus muslos. En otro tiempo, esta torpeza estudiada le permitió agradar a más de un hombre; ahora, le permite recordar, y también reírse un poco de Yuyis, que cuando la observa no comprende el juego de insinuación y descubrimiento que tiene lugar ante su vista.

Marlene se sienta ante la mesa, sobre todo, para hacer cuentas. Antes dedicaba cierto tiempo a la escritura de guiones, pero ahora sólo escribe cuando desea grabar alguno de sus proyectos "personales", que implican siempre elaboradas actuaciones de Yuyis y unos pocos actores de su "establo" más selecto. La gente de ahora ya no quiere historias que vistan los coitos sino sólo el sexo, y ni siquiera con encuadres bien planeados ni iluminación profesional: ahora los videos deben parecer hechos por aficionados, miradas furtivas y rápidas como las que Yuyis hace a las faldas de Marlene cuando la ve sentarse.

6

—Ahora vengo —dice Marlene.

—Sí.

—Perra —agrega, desde la puerta, antes de cerrar por fuera.

Yuyis, quien tiene la carne blanda y magra a la vez, los ojos opacos y los dedos largos y huesudos —siempre esconde las manos—, pasa muchos días sola, sin nada que hacer, mientras Marlene sale a atender sus asuntos. No le importa mucho quedarse atada o suelta: le desagradan más las tardes, que además de solitarias son apenas tibias, llenas del polvo maloliente que flota siempre en el aire. Peor aún, son aburridas: no hay siquiera coches que pasen afuera de la casa. Cuando hay coches, a Yuyis le gusta quedarse escuchándolos: puede anticipar su llegada por el sonido cada vez más agudo de los motores, y nunca deja de sorprenderle el hecho de que cuando ya están aquí, cuando se oyen con más fuerza, ya es el momento de que partan. La partida es, según ha descubierto, una progresión inversa, desde el rumor que casi suena verdadero hasta la nada. Casi como debe ser, piensa Yuyis, el estar dentro de un coche.

Ahora, de pronto, mientras Yuyis se entretiene de espaldas en el piso y escuchando el rumor pegajoso que suena en su cabeza mientras se talla los ojos, hay un coche que viene: casi inaudible, lento, está allí, en sus oídos, durante varios segundos antes de que ella se decida —no está encadenada— a moverse.

Pero casi de inmediato, una vez que se ha resuelto, también ha saltado de la cama, ha corrido hacia la ventana, se ha acordado de que debe tener los labios bien pintados y se ha tirado al piso a buscar un bilé.

Cuando por fin lo ha encontrado, y se ha pintado la boca, y se ha quitado el brasier y se ha puesto los zapatos de tacón y ha abierto la ventana, el coche ya ha pasado y ya se aleja.

Durante un largo rato, con su voz chillona (su voz de tonta, dice Marlene), Yuyis grita insultos al aire.

7

—Tu, este…, hechizo…, ¿cómo era, sí es hechizo? —dice Yuyis, y se calla. Mira para un lado y para el otro. El gorro puntiagudo cae de la cabeza del actor.

—"Tu hechizo convierte a la más buena en mala", pendeja —dice Marlene, furiosa. Yuyis no se levanta—. Ya, no digas nada, olvídalo.

El actor, de pie, se mira la entrepierna.

—Y tú —ordena Marlene— ve y trae la llave stilson.

—Un ratito y puedo —se queja el actor, pero obedece.

8

Entonces, ya encerrada sin escape posible en el baño de la casa (que finge ser un baño de un hotel), *Yuyis descubre que las dos mujeres policías que no dejan de mantenerla inmóvil, cada una aferrada a uno de sus brazos, son en realidad esclavas sexuales del capitán, quien ha acabado con la belleza de las dos luego de años de sexo desenfrenado y torturas ardientes y las ha dejado gordas y fofas. Por eso el hombre busca ahora una nueva víctima. Yuyis* (aunque aquí se llama Trixy, o Trixxxy) *pide ayuda pero las dos mujeres obedecerán a su macho hasta la muerte, aunque eso signifique que las dos sean desechadas como basura para dar paso a una nueva favorita. Ahora la obligan a arrodillarse junto a ellas. Ahora le arrancan la ropa. Ahora le dicen las palabras que debe pronunciar mientras se abre la puerta del baño. ¿Podrá escapar Yuyis de su destino, o más bien le encontrará el gusto a someterse a los deseos bestiales del Capitán del Sexo?*

9

Yuyis misma le ha pedido a Marlene la mayoría de sus atuendos. Según esté de humor, puede querer desde ropas muy breves o muy modestas hasta los trajes más caprichosos. Y Marlene, quien ha "abusado" de Yuyis no sólo más que de cualquier otra persona, sino "mucho más de la cuenta", casi siempre se deja llevar por una sensación semejante a la culpa, pero compuesta a partes iguales de alivio y de hartazgo: ella, después de todo, es quien la ha educado, quien le ha enseñado la sumisión y la ha mantenido encerrada desde el comienzo.

De modo que se resiste un poco, y a veces puede retrasar su respuesta con amenazas o golpes, pero al fin cede a los ruegos o los gritos y entrega los regalos en grandes cajas de cartón, envueltas en papel periódico para dar la apariencia engañosa de que contienen baratijas. Yuyis da la apariencia de no saber lo que contienen mientras rompe el papel, y así van a dar a los armarios el tutú blanco cuyas vueltas de tela se pliegan hacia arriba, y se cierran como una flor perezosa, para dejar ver cuanto esté más abajo de la cintura; los penachos rojos y amarillos para llevar en la cabeza, fijos a la espalda o como remate de tangas finísimas; el traje azul eléctrico de vaquerita, que consiste de sombrero, cinturón, pistoleras y botas; la botarga de oso que se abre de golpe en dos mitades, anterior y posterior, que caen al piso; el miriñaque y el kimono con los frentes abiertos; los numerosos pantalones de mezclilla, con o sin agujeros, con o sin tapones; los trajes sastre de colores severos que tanto gustan –dice Marlene– a ciertos públicos; las veinte playeras, cada una de un color distinto, con las palabras PUTA BARATA escritas en lentejuela; los cuatro trajes de hule: negro, rojo, blanco y azul (todos con máscaras completas, con las bocas dibujadas y sólo un par de aberturas para respirar) que se pegan a la piel, hacen sentir tanto calor y cuesta tanto lavar.

Yuyis las mira cuando están colgadas. Ella, como Marlene, sueña con los momentos en que habrá de ponérselas y quitárselas ante la cámara. Pero Marlene lo sueña con mucha mayor tenacidad y constancia: las más de las veces Yuyis está pidiendo más ropa cuando no ha estrenado aún las adquisiciones más recientes, y en esto puede verse un rasgo central de su carácter: su proclividad al tedio, que Marlene debe combatir en casi cada toma una vez que han pasado los primeros minutos de trabajo.

10

Los dos hombres, que ahora se encuentran uno detrás y el otro delante, se habían presentado como productores famosos y ricos.

—Tú tienes todo para ser estrella.

—A lo grande.

—¿No quieres?

—No, pues sí —había dicho Yuyis—, pues sí quiero.

—¿Carro del año —había dicho el que ya estaba sin pantalones—, casa en Acapulco…?

—Ay, sí, papito.

—¿Y todos los hombres que quieras?

—¿Y yo qué tengo que hacer? —había preguntado Yuyis, mientras el segundo hombre también se desnudaba.

(La película se titulaba *El Macho Mágico* e iba a ser la primera de una serie sobre un personaje muy atrevido, que se metía en las casas y edificios más inusitados, solo o con amigos que llevaba para organizar sesiones multitudinarias, y tenía sexo con la mujer que elegía, porque su poder de convencimiento y seducción era tan notable que superaba en mucho al tamaño de su miembro: cada vez que mostrara su miembro se verían luces estroboscópicas a su alrededor y las víctimas pondrían cara de tener un orgasmo de tan sólo mirarlo.)

11

Por supuesto, no se puede olvidar a las compañeras, las amigas, las hermanas de Yuyis. Todas se encuentran en mejor situación que ella: además de tener condiciones más placenteras de trabajo, ninguna vive en la casa. Yuyis sospecha, incluso, que no todas son habitantes del pueblo y acuden a sus grabaciones en autobús o por otros medios, desde sitios lejanos.

Yuyis las ve muy poco, limitada como está a su cuarto y los pocos lugares que le son permitidos cuando no está grabando, y mencionarlas a todas equivaldría a hacer una lista de cierta extensión, desde Abelina –la "enana gorda presumida y pendeja", dice Yuyis–, quien por su estatura aparece en pocas producciones pero se las da de estrella por haber tenido el segundo crédito en *Tampones lejanos*, hasta Zorayda, que en realidad se llama Fabiola, es afanadora en la clínica del pueblo y tardó más de un año en dejarse convencer por Marlene y aceptar al fin, además de limpiar y ayudarla con objetos de utilería, pasar frente a la cámara para sus primeras tomas. En cualquier caso, Yuyis no lleva la cuenta de todas las personas a las que conoce ni con las que comparte la mirada y las órdenes de Marlene. Algunas podrían ser personas interesantes —está Frida, por ejemplo, que es un transexual con tan enorme cantidad de implantes que tocarla en cualquier sitio produce sensaciones de lo más curioso e inquietante— pero en el fondo Yuyis siente por todas el mismo desprecio: por igual cuando habla con ellas, cuando le toca besarlas o recibir sus besos o enterrar la cara entre sus piernas, cuando hay un descanso entre dos tomas y se juntan en un rincón a comer desnudas mientras la cámara se mueve o las luces se cambian, cuando les pagan y las mira vestirse y salir por alguna de las puertas que tiene invariablemente prohibidas, todas le hacen recordar que su posición es especial: que, pese a todos los regalos y mimos que le da Marlene, no deja de ser una prisionera.

—Está muy raro tu asunto —le dijo una vez una tal Pepina, de senos pequeños y caídos, un aro en la nariz y dos ideogramas chinos, en negro y rojo, tatuados y deformes sobre el vientre lleno de estrías; Yuyis nunca supo su nombre, pero la recuerda así porque las dos hicieron juntas una escena en la que jugaban con vegetales—. ¿Cómo es, te paga, tú la obedeces porque te da una lana, o es nada más por gusto?

La escena tuvo que repetirse en varias ocasiones porque, sin que la propia Yuyis entienda hasta ahora el porqué, las palabras inocentes y en realidad bastante estúpidas de Pepina la pusieron furiosa, y cada tanto, en lugar de continuar moviendo la zanahoria o el tallo de apio o lo que fuera que debía mover, se ponía a farfullar:

—Rara tú lo serás, hija de la chingada —con lo que

Marlene cortaba, suspiraba, se disgustaba, se ponía a gritarle, al final sacaba de golpe el pepino o el plátano y lo blandía contra ella, para golpearla en la cara o sobre el pecho.

12

—Lávate bien —le ha dicho Marlene desde siempre, y ella obedece con gusto cuando se le permite usar la vieja tina de fibra de vidrio: le gusta observar la espuma, el modo en que el agua va cambiando de color, los ocasionales fragmentos, pequeñísimos, fugaces, infinitamente flexibles, que suben hasta la superficie o se acumulan en el fondo de la tina.

13

En uno de sus raros viajes fuera del pueblo, Marlene encontró un puesto pirata que vendía sus películas afuera de una estación de subterráneo. Los discos venían en bolsas de plástico. No reconoció el logotipo, pésimamente impreso, del distribuidor, pero sí a Yuyis, fotografiada con las piernas abiertas, dos dedos sobre los labios y todo el cuerpo rasurado.

—Señora.

Ella misma había tomado aquella foto: tal vez en el reverso de la bolsa estarían la gorda, la anciana y el transexual que completaban el reparto.

—Seño.

El muchacho que vendía las películas estaba a punto de echar a Marlene cuando ésta recordó que una señora decente no se detiene ante un puesto de películas porno y se marchó, riendo por lo bajo como si hubiera hecho una travesura.

14

Marlene comparte un problema con Yuyis: no se concentra ante el televisor y no puede resistir un par de minutos sin cambiar de canal, mirar hacia otro lado o preguntarse por detalles que no percibió de lo que estaba viendo. Sentada a sus pies, Yuyis se retuerce, igualmente inquieta, pero Marlene no hace caso y en cambio se levanta, enciende la radio o el estéreo, o bien abre la puerta del cuarto, sale y la vuelve a cerrar.

Entonces, sola, sube las escaleras hacia uno de los cuartos del primer piso, que está por completo cerrado para Yuyis. A Marlene le gusta pensar que es, en parte, un acto misericordioso: Yuyis está descalza –y desnuda– casi todo el tiempo, y el piso es de cemento, lleno de asperezas e irregularidades, al igual que las paredes. (En realidad, los únicos arreglos posteriores a la mera construcción son los trozos de plástico o madera que cubren los huecos donde iban a estar las ventanas, y los cables de la luz, que suben desde la cocina por la pared exterior de la casa.)

Ya en el cuarto al que deseaba llegar, Marlene sigue el cable hasta encontrar el foco (acostumbra dejarlo en el piso, junto al agujero donde iba a estar el marco de la puerta), lo levanta, lo enciende y, sosteniéndolo en alto como si fuera una vela, se queda admirando, durante largo rato, los estantes donde guarda su colección de videos originales.

Están todos, desde el primero hasta el último, en orden cronológico y rotulados con títulos convenientes que ella se toma tiempo para inventar pero no siempre aparecen en las cajas que se van a vender. Ella sabe que es inútil conservar una "copia maestra", como dice uno de sus compradores, porque ellos sacarán las copias que deseen y las venderán al precio que deseen, donde y por el tiempo que deseen. Pero cada título, escrito en plumón indeleble sobre la caja de cartón o de plástico correspondiente, le trae recuerdos: sonidos, aromas, movimientos, colores de piel y manchas en la piel, y sobre todo sus numerosas voces de mando, que ya no puede asociar a momentos concretos pero siempre han estado en todos sus trabajos, en todas sus largas sesiones. Que las actrices abran las piernas, que los actores cierren la boca, que se tiendan, que se levanten, que se concentren, que digan lo poco que van a decir: Marlene recuerda una admonición aquí, un regaño allá, y sonríe mientras su vista se detiene cada vez por más tiempo en *La perra de la maestra*, *Cortesanas del placer 2*, *El ojo del changuito* o cualquiera de los centenares de títulos.

Marlene siempre concluye estas visitas apuntando la luz hacia los estantes aún vacíos, que le hacen creer en un largo futuro.

15

La trama de Pocos huevos *gira alrededor de Adrián López, que podría ser un semental pero tiene traumas de la infancia, por lo que todo le da miedo y necesita aprender a darle lo suyo a las mujeres. El actor es inexpresivo y su cara de pánico es igual que todas sus otras caras, pero en cualquier caso su problema se olvida a los pocos minutos de comenzada la acción, cuando ve a Yuyis y, sin que se mueva un solo músculo de su rostro, la viola repetidas veces, en varias combinaciones y con varios pretextos, durante los siguientes sesenta o setenta minutos.*

16

–¿Qué hace falta? –pregunta Marlene, quien ha traído una libreta y un lápiz.

–Huevos.

–Qué más.

–Leche y crema.

–¿Ya se acabó?

–Mermelada de fresa, jamón, queso, papel del baño.

–¿Ya te lo acabaste?

–Pues tengo que cagar.

–Cállate, no seas…

–Cállate tú.

–¡Me lleva la chingada…! –grita Marlene y se va sobre Yuyis– ¿No te acabo de decir que te calles? ¿No te estoy diciendo que te calles?

La muchacha apenas puede cubrirse con los brazos.

—Perra —dice, mientras Marlene le pega con el puño cerrado, tratando de acertarle en la cabeza—. Pinche ruca. Puta barata.

Marlene desiste y la empuja con tal fuerza que la hace caer al suelo.

—Si soy una ruca —dice, mostrándole la bolsa—, entonces a ti te va a tocar hacer esto.

Yuyis palidece pero responde:

—No.

—¿No? Ahorita te voy a dar tu no —dice Marlene, y y la levanta en vilo, la pone de pie y comienza a empujarla hacia la puerta de la sala. Yuyis grita, se retuerce, se zafa momentáneamente y pretende salir de la cocina por la otra puerta, huir a su cuarto, pero Marlene la agarra de los cabellos y la hace gritar mientras tira de ella y la detiene. Yuyis se vuelve y le da una patada en el vientre. Marlene responde con otra en la entrepierna de ella y, tras hacerla caer por tercera vez, la inmoviliza en el suelo bajo su peso y le aprieta la cabeza contra las baldosas agrietadas y sucias de tierra. Siempre que Yuyis logra levantarse un poco, Marlene se apoya de nuevo y la hace chocar contra el piso. Por fin la muchacha se rinde y comienza a llorar.

—Ahorita vas y sales a la tienda y compras todo lo que hace falta.

—No sé dónde está.

—No tiene pierde, es todo derecho hasta donde dice "Abarrotes". Seguro que sí sabes leer.

—No.

—Me consta que sí sabes.

—No quiero ir.

—Sales, te doy dinero y compras todo.

—No —repite Yuyis, pero sigue sollozando.

—Y si no lo traes no regresas.

—Pero si voy tengo que salir.

—Pues sí, tarada, de eso se trata, de que salgas.

—¡Pero no puedo!

Marlene se ríe.

—¿Y por qué? —dice, mientras la obliga a golpearse otra vez contra el piso—. ¿Porque estás encuerada? —otro golpe—. Es por eso, ¿no? —otro golpe—. Si quieres te visto.

Yuyis deja salir un aullido prolongado, fortísimo, que cuando al fin se corta se convierte en un llanto convulso. Las lágrimas caen y se mezclan con el polvo.

Marlene, después de un rato, se relaja y por fin se permite levantarse, mirar desde arriba. La piel de Yuyis no parece haber sufrido daño, lo cual es importante porque en unas pocas horas llegarán varios actores y actrices y habrá que dar continuidad a ciertas escenas del día anterior. No es que Marlene se preocupe en demasía por la calidad de sus productos, pero cree innecesario sobrepasar ciertos límites de chapucería y de indolencia.

Yuyis deja de llorar y se queda dormida en el piso. Marlene se pregunta si debería cubrirla, pero luego decide que la noche es lo bastante tibia y que no sería bueno darle demasiadas muestras de afecto después de una escena semejante. Da una zancada para pasar sobre ella sin pisarla, recoge el lápiz y la libreta, escribe rápidamente la lista de la compra, arranca la hoja, toma la bolsa y sale. Antes de caminar hacia la tienda cierra la puerta por fuera.

17

Una vez, sonó el teléfono y Yuyis (quien lo tiene terminantemente prohibido) jugó a contestar.

—¿Bueno? —dijo una voz.

Yuyis, nerviosa, rió. Luego dejó salir un sonido sin significado.

—¿Bueno?

Yuyis sintió la vibración de la bocina junto a su oreja y tuvo una idea.

—¿Bueno?

Después de una o dos tentativas, sin embargo, concluyó que su idea era impráctica y que la forma de la bocina era muy incómoda incluso para la sola tarea de sostenerla con los muslos o entre los pechos.

18

En otro de sus viajes, Marlene tuvo oportunidad de asistir a una fiesta en honor de varios cineastas. Estaban en una ciudad fronteriza, en la casa enorme aunque más bien rústica de un distribuidor, y mientras un director preparaba una barbacoa, otros conversaban alrededor de una fuente de piedra. Como en otras ocasiones, Marlene notó que no pocos la miraban con extrañeza o franco rechazo. Pero le bastaba presentarse como la creadora de ciertos filmes muy exitosos —las tres entregas de *Locas excitadas*, por ejemplo, o *Cara de crema*— para obtener, si no una aclamación, al menos un gesto de asentimiento o de sorpresa.

Sólo uno de ellos la insultó en voz alta:

—Lesbiana —pero Marlene, en el fondo, no había ido para buscar la aprobación de nadie y terminó por quedarse al margen de las conversaciones, con una botella de cerveza y un plato de carne.

19

De visita en la casa de un anciano moribundo, un cura y dos monjas van a darle los santos óleos. Sin embargo, el cura confunde el frasco del ungüento con otro, que contiene el preparado hecho por una bruja, y al aplicarlo en la frente del viejo éste no sólo se repone, sino que muestra una erección de caballo y unos modales de macho cabrío que espantan a todos. Al santiguarse, el cura se unta el mismo menjunje y bajo su sotana, como activado por un resorte, su propio miembro se levanta, exigiendo acción. Las dos monjas se aterrorizan aún más:

—Ay, cabrón —dice Yuyis en el papel de una de ellas.

Pero rápidas aplicaciones del preparado las vuelven —previsiblemente— dos hembras ardientes e insaciables. Pronto, los cuatro se han ayuntado de todas las formas concebibles y lla-

man por teléfono al resto de las monjas y curas del convento del que provienen. *Todos llegan hasta la casa junto a la carretera en la parte de atrás de un camión de redilas, lo que resulta un poco extraño, al igual que el número bastante elevado de los curas en relación con el de las monjas; del mismo modo resulta extraño que les abra un personaje —Marlene— que no vuelve a aparecer, pero en cuanto entran en el cuarto reciben de inmediato la unción que los prepara no para la muerte sino para una larga noche de placer y, después de ello, nada más importa y la acción en cierto modo se detiene: no hay más vueltas del argumento y casi todas las tomas restantes son primeros planos, uno tras otro, sin explicación, de felaciones realizadas por Yuyis.*

(*Las monjas calientes* es el título de esta película.)

20

Marlene regresa con los víveres y otras cosas que ha comprado. Abre la puerta para entrar y la cierra tras de sí. Está cansada. Dentro de poco, cuando Yuyis haya dejado la basura de la casa en el contenedor, ella tendrá que sacarla y llevarla hasta el contenedor central, que se encuentra a una cuadra del Palacio Municipal. Y luego tendrá que retomar algunos trabajos pendientes, lo que no le dejará tiempo para nada más. Debe tomar una de muchas decisiones intrascendentes, pero ineludibles, cuya necesidad no previó al comenzar la etapa presente de su vida. Cuando está cansada, basta una orden para que Yuyis comience a preparar la cena: la muchacha no tiene talento para cocinar pero sabe seguir órdenes y prepara pasablemente la mayoría de las recetas que Marlene le ha enseñado. Sin embargo, dado que no puede usar siquiera un delantal, todas las comidas que está autorizada a preparar son comidas frías, que a Marlene le causan un desasosiego inexplicable y profundo. Sin duda (lo leyó en una revista) se debe a algún trauma de su infancia; pero no le gusta pensar en tales asuntos y, en todo caso, es mucho más reciente el recuerdo de la única vez en que Yuyis, realmente una pobre tonta, intentó cocinar un par de huevos estrellados: unas gotas de aceite hirviendo le cayeron en un hombro y le dejaron una cicatriz pequeña pero bien visible. Tal vez debió haber pensado en alguna excepción para su regla, firmísima, de desnudez. ¿Qué habría sucedido, se pregunta siempre Marlene, si el aceite le hubiese caído en los pechos, en la cara, en el sexo?

Enciende la televisión, que deja oír una voz hueca y distante y muestra una serie de imágenes indescifrables. Sin ánimos siquiera para tomar el control remoto, Marlene llama a Yuyis.

—Cereal con leche —pide.

21

—Cualquier día de éstos se va a hacer estrella. De esto, ¿no? Se ve que tiene, cómo le diré, unas tablas…

Marlene no entiende.

—¿Tablas?

—Le sabe. ¿Me entiende? Lo hace con uno o con los que sean, por delante, por detrás, en todas las posiciones...

—Es basura —responde Marlene, mientras aprieta el botón de paro en la cámara y saca la cinta bruscamente—. Pura basura. Pura porquería. Caca. Basura.

Pero luego vuelve a meterla en la cámara, termina la escena, y poco después está negociando el pago con el hombre, quien le da de adelanto un fajo de billetes.

22

A las siete de la mañana, cuando se ha levantado y empieza a prepararse, Marlene entra rápidamente en el cuarto de Yuyis, la desencadena si duerme sujeta, enciende el estéreo que está sobre el buró y pone el disco compacto para los ejercicios. Nunca hay otro disco en el reproductor, y en realidad Yuyis tiene prohibido hasta tocar el aparato, de modo que la misma música de baile, pulsante, monótona, sale siempre a un volumen tal que hace retumbar los cristales. "Ponchis ponchis", la llama Marlene, pero no tiene idea de quién interpreta las piezas ni de cuán viejas son: compró el disco en el único puesto pirata del pueblo, hace varios años, cuando se dio cuenta de que Yuyis necesitaba hacer ejercicio.

Y ella aparta la colcha, salta de la cama y empieza. Así no engorda, piensa Marlene cada mañana, mientras la ve comenzar con saltos en el mismo sitio (de tal modo que sus pechos se bamboleen y reboten contra su cuerpo) y seguir con flexiones, estiramientos, lagartijas, abdominales y un rato de correr en el mismo sitio, como en una rutina de baile aeróbico. Muchas veces graba algunas tomas con la cámara.

Cuando Yuyis termina, acude inmediatamente a la cocina a preparar el desayuno, y entonces Marlene piensa en otro lado desagradable de la desnudez de la muchacha: huele fuertemente a sudor. Pero el inconveniente se debe, una vez más, a su propia imprevisión: ella misma no está dispuesta a levantarse más temprano para dar tiempo a Yuyis de bañarse. Y, por otro lado, si bien el estéreo podría programarse para que se encendiera automáticamente a las siete de la mañana, Marlene no sólo carece de la paciencia necesaria para aprender cómo: quiere estar allí. Durante mucho tiempo gozó con la cara de espanto y desconcierto de Yuyis al despertar bruscamente con la música (y de vez en cuando con la tarea de levantarla a fuerzas), pero desde hace algún tiempo Yuyis ha dejado de verse sobresaltada cuando se levanta. Tal vez se ha acostumbrado a despertarse sola un poco antes de las siete; ésta es la esperanza de Marlene, quien procura, siempre que puede, que Yuyis se acueste luego de realizar las tareas más pesadas: tal vez algún día no consiga levantarse.

23

El príncipe azul da, primero, la impresión de que hará caso de Yuyis el hada, quien no sólo se ha despojado de su vestido y

sus alas de muselina sino que se ha dedicado a felarlo con lar-
gueza y paciencia. Pero cuando ella termina y se pone de pie
para besarlo en la boca, él se aparta y le dice que en realidad
es gay, para luego demostrarlo con largos besos a su escudero
y un rápido coito. Decepcionada, Yuyis se une a los dos en
un segundo escarceo y luego recibe la visita providencial de
otra hada, que no se había visto hasta entonces pero ya viene
desnuda y excitada. Todo eso sucede en el mismo dormitorio,
adornado con árboles de cartulina y todos los muebles ocultos
detrás de telas blancas.

24

Un hombre fue a la casa a visitar a Marlene y Yuyis re-
cibió la orden de esconderse. Así lo hizo, pero mientras
conversaban los dos caminaron hasta llegar a la puerta
de su cuarto y ella, acuclillada en el suelo, pudo escuchar
esta parte de su conversación:

—Ya en serio. Sigue con lo mismo, ¿verdad, señora?

—No sé de qué me habla.

—Sigue con sus cosas que hace aquí.

—No le entiendo, licenciado.

—No se haga.

—Mire, si quiere algo…

—¿Algo de qué?

—Ya le estoy pagando al maestro Gervasio.

—Ahora me va a tener que pagar también a mí. Ya
estoy en la subdirección.

—¿Y eso por qué?

(Una pausa.)

—Porque me lo merezco.

—No, licenciado, ¿por qué le tengo que pagar a usted?

—Porque si no se le cae su teatrito. Viene la policía, se la lleva, le dan sus treinta o cuarenta años, incautamos la casa y a ver qué más se me ocurre. Usted sabe que no me cae bien. Y también que yo no me ando con mamadas.

(Otra pausa.)

—¿No quiere coger, licenciado?

(Otra pausa.)

—No conmigo, licenciado.

Otra pausa, y de pronto la puerta del cuarto se abrió. Yuyis apenas tuvo tiempo para hacerse a un lado y dejar pasar a Marlene y a un hombre bajo, calvo, de bigote canoso y gruesos lentes. Usaba una corbata vaquera y botas debajo del pantalón de poliéster.

—Ésta es Yuyis. Mírela. Está sana y es…

—¿Es de sus…?

—…actriz.

—¿Y por qué está desnuda?

—También es puta.

Aunque Yuyis la usaba con frecuencia, no sabía el significado de la palabra "puta". Pero igual habría dicho "Puta tú" u otra frase semejante si Marlene no la hubiese levantado de un tirón. Le ordenó tocar sus pies con las manos, pararse ante el licenciado con los brazos en jarras y luego con las manos detrás de la cabeza. Yuyis lo había hecho todo antes y obedeció como siempre.

−¿Usted la regentea?

(Otra pausa.)

−No −dijo Marlene−, aquí se está quedando nada más.

−No me mienta, señora.

Yuyis habría podido decir que estaba allí desde siempre, pero no dijo nada.

−No le miento, licenciado. Ella, Yuyis, me debe un favor, ¿verdad, tú?

Yuyis entendió que debía decir:

−Sí.

−Me lo vas a pagar haciéndole el favor al licenciado.

−¿Qué?

−Ándale, ya, hincada.

−¿Cuántos años tiene?

Otra pausa. Marlene no respondió, pero Yuyis, mientras se ponía de rodillas, la vio asumir una expresión que nunca antes le había visto. Sonreía, pero sólo de un lado de la cara; y la ceja del lado opuesto estaba tan arqueada que (pensó Yuyis) dejaba al ojo como abandonado, como flotando en un espacio vacío de piel y maquillaje.

−Ah, bueno. ¿Segura?

−Es una muestra de buena voluntad, licenciado.

−Pero en la cama −dijo él, señalando la de Yuyis.

−A la cama −ordenó Marlene.

Yuyis se levantó una vez más y caminó, indecisa, delante de ellos. Se tendió sobre la colcha de animales y se preguntó si había algo que no hubiese entendido bien, porque nunca antes se había hecho ninguna grabación en su propio cuarto. Además, la cámara no estaba allí y aquel hombre no tenía aspecto de actor: no sólo no era lo bastante alto, sino al quitarse la camisa dejó ver un torso blanquecino y a la vez flaco y flojo: se veían las costillas, pero bajo ellas había feos pliegues de carne.

—Se la perdono por esta vez —dijo el licenciado un rato más tarde, mientras se subía los pantalones—. Pero vaya haciendo su guardado, ¿eh? La verdad, está… ¿Cómo se llama? No muy bien, ¿eh? No muy bien.

25

En lo dicho hasta ahora hay varias mentiras: la más importante es que la carrera de Marlene en el cine pornográfico es mucho menos importante y próspera de lo que se ha indicado —en realidad concluyó hace mucho tiempo—, y aunque sí graba, muy de vez en cuando, alguna cinta en la que aparece Yuyis, casi la totalidad de los proyectos que ha emprendido —y que le cuestan dinero que nunca ha podido recuperar— se ha quedado, sin editar siquiera, en el primer piso de su casa, efectivamente a medio construir, oculta en los cajones de un archivero. En el mismo cuarto se guardan, en cajas, las películas que sí distribuye.

Marlene sube, abre el archivero, elige alguna cinta y baja a verla. Cuando ha terminado, va a ponerla otra vez en su sitio, y mientras lo hace piensa en los actores que contrata (en realidad muy raras veces), y que la consideran una loca, o en las cuatro cortinas que llegó a usar en algunas de sus primeras grabaciones. Éstas siguen en el suelo de una habitación contigua a la de las cajas y nadie las ha tocado en años. Hace mucho se pudrieron.

También debe agregarse lo siguiente: a veces, mientras está bajando, Marlene se detiene a la mitad de las escaleras; sube una vez más; va hasta una hielera de plástico que mantiene oculta en una tercera estancia, y que está siempre vacía a excepción del frasco en el que guarda su cocaína: la poca que puede conseguir y que, invariablemente, debe racionar durante muchos meses.

Baja con el frasco hasta el cuarto de Yuyis, quien habitualmente ya está dormida. La despierta, se sienta junto a ella y empieza a desnudarse.

—Madre —se queja la muchacha, quien apenas ha cumplido los dieciséis y en realidad no tendría que resentir en absoluto un despertar brusco.

Pero sabe que no debe resistirse cuando Marlene, que se ha untado un poco de polvo blanco en las encías y en los labios vaginales, hace lo propio con ella. Y sabe también que ya debe estar descubierta, y preparada, cuando Marlene saque, del cajón del buró sobre el que descansa el estéreo, el consolador de doble cabeza.

Si Yuyis no se ha retrasado, tiene permiso de continuar con sus quejas: puede decir "Oye, tengo sueño", o que no tiene ganas, o que eso no se hace —cuanto se le ocurra para dar la impresión de que se resiste—, hasta que Marlene le inserte el juguete y se lo inserte ella misma por el otro extremo, para comenzar el vaivén. Pero luego debe callar. No puede decir nada mientras

Marlene la penetra, y se penetra, con fuerza creciente, entre gemidos y palabras sueltas.

—Pinche madre —dice hoy al sentir la punta del consolador. No dice más.

Yuyis debe permanecer callada incluso cuando Marlene comienza a gritar, a gruñir de rabia, y le hace daño. Por lo general prefiere cerrar los ojos y pensar en algo para distraerse —como la música que le gusta, y que escucha de vez en cuando en la televisión, o bien en los vestidos que hay en su armario, que son mucho menos numerosos y caros de lo que se dijo previamente— pero en otras ocasiones los mantiene muy abiertos y observa la cara de Marlene, tan parecida a la suya, o bien el techo más allá de la cara, los trozos de pintura que empiezan a caer, el polvo acumulado sobre el cable del foco.

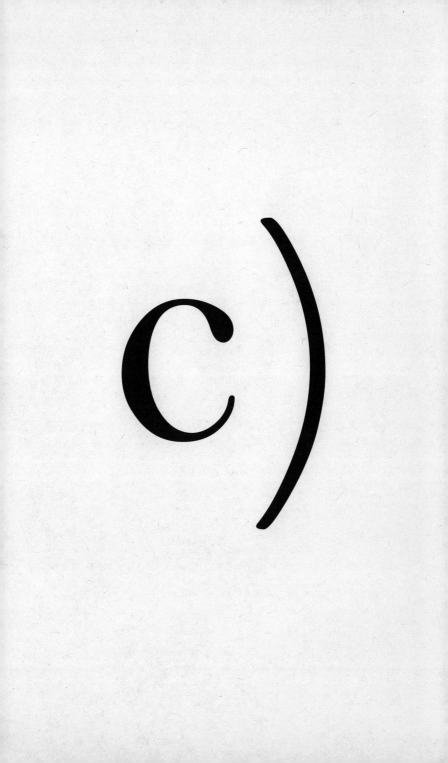

*Una de sus obligaciones principales con-
sistía en dedicarle de vez en cuando una
mirada de lealtad.*

ROBERT WALSER

26
Golo abre la puerta.

27
Mundo grita y maldice, pero no hace ningún esfuerzo por entrar. Como está en el lodo, y bajo la lluvia, ensuciaría el piso, y además huele mal. Y es incapaz de desobedecer una orden directa:

–Quédate ahí –le ha dicho Golo, y Mundo está condicionado por años de tratos malos e insidiosos, torturas refinadas y ejercicios espirituales; se ha vuelto, como estaba previsto desde el comienzo, una criatura sumisa y casi inconsciente. De modo que no entra: tendido de espaldas, se gira para un lado y otro. Grita pidiendo perdón, maldice su condición de sujeto indigno y desdichado. Luego sube las piernas tanto como puede y deja caer los pies en el charco. El agua sucia estalla, asciende en dirección contraria al movimiento de la lluvia, y se fragmenta en numerosas gotas que describen arcos nimios antes de acabar otra vez en el suelo, o bien en el cuerpo tendido de Mundo, en su boca abierta o en sus ojos, que no parpadean.

Transcurren varios minutos. No deja de llover. Lejos, pasa un coche, o un niño juega en sus propios charcos, o alguien, no se sabe si es hombre o mujer, se deja ver apenas, avanzando por una calle paralela a la de la casa. Mundo se esfuerza por mantener el interés de Golo, quien es difícil de complacer y no gusta de repetir las humillaciones. El sol describe su arco lento, invisible, sobre las nubes de la tormenta, mientras Mundo reza, se golpea el vientre, mezcla sus heces con el lodo, se revuelca (desde luego), insulta a personas a las que amó en otro tiempo: se trata de rabietas conocidas, incluso prescritas, pero sirven para combatir el aburrimiento.

Durante todo este tiempo Golo lo observa. Cuando está por oscurecer, vuelve al interior de la casa, se queda allí un momento, sale de nuevo y da una nueva orden. Mundo se levanta, camina hacia su amo con la vista fija en el suelo y se arrodilla al llegar hasta él.

28

—Cuando llegó aquí, le parecerá mentira, pero era bastante independiente y muy fiero, muy orgulloso.

El viejo, que es el anfitrión de la fiesta, mira a Mundo. Éste se ha tendido en el piso y mantiene los ojos cerrados. Un mesero llega hasta los tres hombres con una bandeja y se detiene. Golo le indica que pase y el mesero obedece, procurando no pisar a Mundo.

–¿Muy fiero, dijo? –pregunta el viejo, y Golo se da cuenta de que su inquietud es en realidad envidia: incluso allí, en ese ambiente tan seguro, pocos se atreven a llegar a tanto.

29

Mundo es "el hermano feo de Golo, su doble patético y detestable": su propiedad. Por lo general vive, desnudo y hecho un ovillo, junto a la puerta de la cocina de esta casa; es, sin exageración, un animal. Además del tratamiento básico ha recibido (cada viernes, domingo y martes desde que llegó a la vida de Golo) tormentos adicionales, provistos por los maestros más crueles. Da pena verlo levantar la cabeza, sucia y cubierta por una cabellera enmarañada, casi siempre llena de inmundicias, al escuchar los pasos de su amo. Da más pena aún verlo correr en cuatro patas, frotarse contra las piernas de Golo y llamar su atención, o intentarlo al menos, con gemidos inarticulados, ásperos.

–Idiota –le grita Golo, y Mundo replica:

–Idiota –sin abandonar su posición ni sus carantoñas, y sigue con un centenar de palabras, en una docena de idiomas, que Golo le enseñó y que lo describen. Muchos son de idiomas que desconoce –*shoerma, kichigai, achterlijke*–, pero cada palabra se escucha de modo claro y resonante, como si estuviera hecha de vidrio o de metal.

30

—Qué cosa tan horrible —opina la actriz. Está nerviosa. Levanta su copa para beber un sorbo y casi se salpica.

—Los hay mejores.

—¿Mejores?

—Claro. Nunca debe sobreestimar a seres como éste. Mire qué bestia. Es carroña.

—¿De qué está hablando? ¿No se supone que usted es…? ¿Qué está haciendo?

Golo disfruta tanto la confusión de la mujer que no responde de inmediato. En cambio se digna, por primera vez en toda la conversación, a mirar hacia abajo, a ver lo que Mundo está haciendo.

—No le preste atención. Le encanta que lo maltraten. Se enorgullece. Permítame —y Mundo no alcanza a lamer el zapato que le rompe la boca.

31

En ocasiones, Mundo se contenta con estar, con dejar que el tiempo pase. Entonces juega a suspender su pensamiento y a ser sólo un animal. No intenta dar nombre a los objetos que lo rodean en la casa ni reconocer a quienes no son Golo: así todos le parecen iguales, rostros imprecisos, voces débiles e incomprensibles. Uno de ellos se acerca y lo pica con algo. Mundo se duerme. Luego despierta y está en otro lugar, pero procura olvidar su conciencia del hecho y meramente abandonarse, como un animal, como antes de que el desconocido llegara a picarlo.

32

Golo escribe, con lápiz, sobre papel crema: *Si Golo es perverso, la perversidad es una virtud. En la balanza de las cosas, rara vez pesan la soltura y la sinceridad con las que reconoce la naturaleza de su alma.*

Golo pega fuerte, y sabe pegar en los sitios que duelen. Golo sabe someter y mandar.

Golo piensa que a todos les gustaría mandar, y quienes lo niegan sólo tienen miedo, conciencia de la nulidad de todo ser y todo esfuerzo, o bien un deseo todavía mayor de obedecer, de desaparecer en la voluntad de otro.

Los seres que son de su propiedad están siempre a la espera, necesitados de sus órdenes, sus furias y sus raras querencias. Pero Golo no los necesita. Más de una vez los ha matado, se ha deshecho de los cuerpos y ha continuado con su propia vida.

Con Golo, todas las historias son ciertas, como lo son todos los relatos de dolores, suplicios, sujeciones, accesorios, aparatos.

Golo no es el dios terrible que adoran sus esclavos, sino algo más elevado: diferente.

Y Golo es sencillo: sabe que todos sus juegos son inútiles, una nueva fealdad en ese diseño que ha sido horrible desde siempre y está, como siempre, desprovisto de sentido.

Luego rompe la hoja, la quema, orina en ella o se la da a comer a Mundo. Nunca ha de subestimarse la importancia de los gestos arbitrarios.

33

–I –dice Mundo–. I, i, i, i, i.

Está en el piso de la biblioteca, en otra casa, vestido sólo con una máscara que semeja la cabeza de un ratón. Persuadido, intenta comer un trozo de queso que Golo ha puesto junto a él sobre la alfombra. La máscara no tiene aberturas.

34

A causa de las drogas que le han administrado, de la sugestión hipnótica o de otro procedimiento, Mundo no recuerda mucho de su vida antes de conocer a Golo. Se ha acostumbrado a no pensar en eso y, en realidad, a no pensar casi en nada más: cuando no está durmiendo, comiendo, evacuando o con alguna tarea inmediata, se repite, en silencio, unas pocas palabras, una y otra vez, para evitar que su mente divague o se distraiga. Al principio usaba lemas: "Yo obedezco a Golo", "Golo es mi amo" y otros semejantes, pero desde hace algún tiempo simplemente forma listas de palabras sueltas: "perro, gato, vaca, helicóptero, teléfono", "dieciséis, agua de rosas, concreto, sable", que repasa durante las horas largas en las que Golo no se ocupa de él. Puede estar en el patio, que se reduce a las placas de cemento que cubren el suelo, la pila de objetos oxidados en el fondo y los charcos que deja la lluvia; puede estar en los pasillos de la casa, que no conducen sino a cuartos que a Mundo le parecen iguales, llenos de objetos que no tiene derecho a tocar. Siempre es mejor quedarse acuclillado en el cemento, tendido de boca en las baldosas, de pie en el interior del armario vacío bajo las escaleras, con la mirada fija en un punto cualquiera y repasando sus palabras. Unas veces las murmura; otras las desgrana en silencio, con una constancia que él no juzga pero que el mismo Golo consideraría admirable.

35

–Pedirle que limpie –explica Golo– es aburrido. Siempre lo hace con la lengua y no vacila. Le da lo mismo un piso que un inodoro.

–Poco original –dice el ministro.

–Debo confesar que no es su único defecto –y de pronto siente rabia contra estos hombrecitos–. ¿Oyes, mierda –le dice a Mundo–, entiendes que eres un asco, que tienes todos los defectos?

36

Golo no está aislado. Aunque esté en tránsito de una casa a otra, aunque esté en una de las cabañas más remotas, acostumbra usar teléfonos, computadoras, o los aparatos necesarios para ocuparse de sus asuntos. Ninguno de ellos le importa, y sólo da las órdenes mínimas para que sigan funcionando sin problemas. Personas más devotas que él se ocupan de lo necesario, en realidad, y en la satisfacción que le daba este mando, a la vez todopoderoso e irresponsable, Golo halló, hace mucho tiempo, el primer signo que le permitió descubrir sus verdaderos intereses.

Otros signos vinieron después: el tedio de la vida entre los que se suponían sus iguales, el número y la terquedad insoportable de sus inferiores, las innumerables restricciones que entorpecen las formas más creativas del ejercicio del poder, la vergüenza impuesta, y en muchos casos buscada y cultivada por quienes decían compartir sus aficiones.

La vida "virtual" —en el sentido más vulgar de la palabra— de Golo es como sigue: cuando está aburrido y llega a desear algo distinto de sus rutinas diarias, Golo entra a la red y busca los sitios donde fetichistas, pornógrafos y otros semejantes se reúnen a presumir, contarse historias o convocarse unos a otros. Golo ha leído mucho de lo escrito en estos lugares: cuentos simples de encuentros y fantasías cumplidas, y se ha familiarizado con su vulgaridad, su pacatería y su falta de imaginación; cuando se aburre de leer, y ocultándose en uno de muchos nombres supuestos, escribe reportes de su propia vida y de sus estadías con Mundo y con otros, reportes de sus actos y sus juegos, y los remite a sus lectores electrónicos. Nunca tienen mucho éxito, porque (le dijo una vez un corresponsal hablador y paternalista) dan la impresión de no ser "excitantes". Esto ha hecho pensar a Golo que ninguno de esos con los que habla por medio de la computadora tiene un juguete tan bueno como Mundo, y probablemente todos ellos son sólo imaginadores de sofá, seres lastimeros que jamás actuarán conforme a sus deseos y viven entre enormes culpas, convencidos de su propia maldad, fantaseando con aquello que ni siquiera han intentado comprender.

37

–Mundo –dice Mundo por el auricular, y del otro lado de la línea alguien se inquieta–. Mundo, Mundo, Mundo.

Golo hace una mueca levísima y cuelga el teléfono. Van a ser las tres de la mañana.

38

En la ciudad en la que está la casa hay, también, un parque muy exclusivo, custodiado por guardianes armados. Allí, Golo puede llevar a Mundo a pasear con una correa y un bozal y mostrarlo a otros dueños de mascotas.

–Lo tiene justo con el grado perfecto de… ¿cómo lo dice en español?

–¿Descuido? Oiga, su hija…, ¿es su hija?

Mundo olfatea a la pequeña y finge mover la cola. Si Golo se interesara por la cuestión, diría a su esclavo le gusta especialmente este papel, esta porción de los deberes: la inocencia de los animales (la *irracionalidad* de los animales, la *irresponsabilidad* de los animales) se le da bien.

La pequeña se deja hacer y luego da una orden a su propia mascota, desnuda y equipada igual que Mundo pero bastante mayor en edad. La mascota levanta la pierna, mucho más alto de lo que parecería posible considerando el aspecto de su cuerpo, y orina sobre Mundo.

39

Cuando su amo se lo ordena, Mundo puede bañarse, vestirse normalmente, peinarse, ponerse zapatos y corbata. También puede utilizar todos los servicios de la casa. Sólo le perturban aquellos que se encuentran en espacios muy estrechos, y que son precisamente los que Golo prefiere asignarle.

–No, para eso estás aquí, para que yo te diga cuándo y dónde –y no lo deja ir a otro sitio a aliviarse (es la palabra que usa) ni le permite regresar a sus posturas de bruto ni mancharse la ropa–. Que no, te digo. Ése es tu baño y tienes que usar tu baño –y así, en ocasiones, durante horas, mientras Mundo se pone cada vez más agitado, y se retuerce y se encorva, y termina por ensuciarse de todos modos o por arrastrarse en el suelo en busca de clemencia.

40

Golo ha consignado por escrito, también, la historia de Mundo. No es un signo de aprecio o deferencia: del mismo modo ha dejado registro (siquiera por un tiempo) de los otros, los que han precedido a Mundo desde que Golo fue capaz de decidir sobre su vida y la atención que prestaría a sus intereses.

Además del relato puntual, sórdido y triste pero también predecible, del reclutamiento de Mundo (los autos en la noche, los sicarios enmascarados, los gritos de pánico desde una cajuela, los gritos diferentes que marcaron la entrada en la casa), Golo tiene predilección por evocar a quienes lo orientaron: sus maestros en las artes de someter o quebrar la voluntad, así como de infligir placeres mayoritariamente intolerables. (Estos últimos, más aún que los tormentos convencionales, son las verdaderas herramientas de la sumisión.)

Tales maestros fueron numerosos, y si bien no todos colaboraron personalmente en la educación de Mundo ni, en verdad, aprecian mucho a Golo, éste lee sus noticias con enorme placer siempre que le es posible. Y sobre todo le agrada rememorar a Uwe, "alemán gigante y delicioso", especialista en hipnosis silente.

Las ceremonias calmosas (escribe) *y algo ridículas de Mesmer y Erickson, tan provistas de repeticiones y letanías, nutren los lugares comunes sobre el hipnotismo, pero habitualmente están limitadas por el idioma: pocos son susceptibles de caer en trance profundo, y mucho menos de acoplarse a las maneras violentas de su magnetizador del modo en que a Golo le gusta, si el ritual no se apoya en palabras provenientes de su lengua materna. Y todo intento de sugestión formulado verbalmente puede revelar a las víctimas, aunque sea en un "nivel inconsciente", las peores intenciones de quienes bus-*

can ejercer control sobre ellas, con las reacciones consiguientes, y a veces invencibles, de rechazo.

De aquí la utilidad de la disciplina, absolutamente original, de Uwe, quien sustituye toda comunicación verbal por violencia directa. Fuerte e imponente, endurecido por entrenamientos inflexibles, Uwe se planta ante el sujeto y lo domina, introduciéndolo en los ritmos de la hipnosis mediante una estrategia en cuatro etapas: desconcierto, pánico, reducción a la impotencia y entrega. Los primeros golpes, sin ninguna amenaza audible, propinados a mano limpia, se aplican con fuerza moderada en terminaciones nerviosas específicas: sobre todo, incapacitan los miembros. Luego vienen otros ataques, progresivamente más enérgicos y dolorosos, contra los que la víctima no puede defenderse y que, además de aterrarla, le hacen perder toda percepción clara de su entorno en medio de una inflicción de sufrimientos no sólo constante sino extendida, literalmente, sobre todo su cuerpo. Luego los dolores comienzan a ordenarse, a viajar sobre la carne en patrones cada vez más claros, y luego éstos se complican y se convierten en una fuente de atención irresistible, que termina por llenar la conciencia de la víctima. Justo en el momento en el que la saturación de sensaciones vuelve imposible la percepción de un sufrimiento mayor, la víctima ha perdido todo control y su cuerpo se ha vuelto manejable: asumirá posiciones, se integrará en movimientos preestablecidos, y todo sin que Uwe haya proferido una sola sílaba.

Golo piensa en Mundo, en los tiempos más tempranos de su relación, y recuerda su cara de desconcierto, tan frecuente y tan llena de verdadera estupidez.

41

—Otra cosa que debo señalar es que está loco por mí.

—No entiendo.

—Observe —dice Golo, y muestra a Mundo una revista pornográfica abierta en la página central: un coito violento y complicado entre seis o siete hombres y mujeres. Mundo no hace caso: mira a los otros hombres en la fiesta o bien al piso. El interlocutor de Golo sigue sin comprender. Golo toca apenas la base de la columna de Mundo y éste voltea a mirarlo; empieza a jadear; cae de rodillas; comienza a estremecerse, se levanta, se toca con ambas manos y luego las tiende para tocar a su amo. También saca la lengua y, con la debida discreción, cualquiera puede ver cuán excitado se encuentra. Pero de pronto, cuando por fin va a hacer contacto, se detiene, como si una fuerza invisible protegiera al cuerpo de Golo. Varios intentos de Mundo —no sólo con las manos, sino también con el torso y con la boca— son igualmente infructuosos, y al fin, mientras sigue lanzándose contra la barrera inexistente, sudoroso, con los ojos desorbitados, empieza a llorar, se diría, de frustración.

42

Karinna resume, desde su nombre, largas tradiciones del gusto vulgar, que es el único aprendido por millones y millones en el mundo (escribe Golo). *Pero cuando se trata, como en el caso de Golo, de una opción entre muchas, todo lo que hay de grotesco, desproporcionado y bajo en Karinna se convierte en una serie de atributos supremamente deleitables. Es una negra albina, de enormes pechos y trasero, liberta de uno de los burdeles más refinados y secretos. Fea, sumamente fea, de rasgos toscos y disparejos y abruptos, pudo deshacerse de sus patronos al descubrir que, mientras más procuraba ocultar su desproporción, más la exaltaba, pero que en tal exaltación se encontraba una fuente inagotable de atractivo sexual.*

Ahora, Karinna, que tampoco es particularmente bien formada ni atlética, está provista de ciento once tatuajes y otras tantas perforaciones distribuidas simétricamente sobre su cuerpo. Las perforaciones están hechas con anillos, clavos y otros muchos objetos, rara vez discretos —los cuatro aros en los labios vaginales, por ejemplo, crean siempre un bulto en sus ropas ajustadísimas—, y los tatuajes, aunque una inspección cuidadosa muestra el cuidado de su hechura, dan la impresión inicial de haber sido hechos en una cárcel, con una aguja de coser, tinta de bolígrafo y letras (y ortografía) de analfabeto funcional. Telas baratas y de colores chillones, accesorios de plástico y falso metal, peinados y maquillajes estridentes completan su atuendo. Es una muñeca hecha a mano por un idiota, olorosa a poliéster y hule húmedo de sudor. El que todos se sientan atraídos por ella es una paradoja que se alimenta a sí misma y se vuelve siempre más grande, a medida que los encuentros se prolongan y Karinna agrega a su propia impresión inicial el ejercicio de una larga lista de técnicas de dolor y placer. El aprendizaje de estas técnicas hizo que, en su día, Karinna se demorase mucho más de lo que había previsto en prepararse y completar la imagen que deseaba crear para sí misma. Cuando terminó, sin embargo,

pudo darse a conocer casi enseguida como una domme *independiente, casi nauseabunda a la vista pero a la vez irresistible. Sólo otro de los especialistas a quienes Golo recurre
con frecuencia (para usar sus servicios y aprender de ellos) co-
bra tarifas más elevadas.*

Golo hace una pausa. Mundo duerme sobre una
alfombra en el piso. Sigue: *Desorientado y parcialmente ocluida su memoria por medio del uso juicioso de ciertas
sustancias —y tras los primeros forzamientos de Uwe, que lo
dejaron exhausto—, Mundo creía estar comenzando apenas su
tratamiento cuando se le dejó con Karinna. Y creía también
que podría salvarse si tan sólo demostraba poseer una mayor
estatura moral que sus captores: si no se rendía ante los amo-
res de Karinna, si demostraba que los valores en los que decía
creer y las virtudes que decía defender resistían, efectivamente,
todos los intentos de perversión a los que sería sometido.*

*Por supuesto, Mundo no resistió, y en el lapso de unos
pocos días —ayudado tan sólo por pequeñas dosis adicionales
de las sustancias a las que se le había sometido desde el comienzo, administradas en sus comidas o durante sus periodos
de sueño, para que no pudiese atenazar la irrealidad de su
predicamento— juraba ante Karinna que haría lo que ella or-
denase, que aceptaría cuanto se le dijera, que lo abandonaría
todo, etcétera. La auténtica vulgaridad estaba en lo sincero
de su sometimiento y, sobre todo, en el asco, el desprecio por sí
mismo que se percibía en cada una de sus palabras.*

En recuerdo de su caída, de cualquier modo más clara
en su memoria que en la de cualquier otro, Mundo tiene una cadena tatuada alrededor de su talón izquierdo y

otra verdadera, consistente en cuatro aros profundamente hincados en la carne, alrededor de su talón derecho.

43

Si alguien ha visto el coche, dando lentas vueltas por las afueras de la ciudad, habrá pensado que no hay nadie con Golo: Golo mirando por el parabrisas, Golo aferrado al volante, Golo separando una mano mientras el coche frena bruscamente y vuelve a arrancar, para desconcierto de sus escoltas.

44

Otro sector marginal de las conocencias de Golo es el de los pornógrafos, que no deben confundirse con los fanáticos de la pornografía ni siquiera con los creadores no profesionales: se requiere cierto esfuerzo mínimo, si no para tomar fotografías o películas o para escribir historias, sí para venderlas. Golo desprecia a la mayoría de estos empresarios, pequeños comerciantes sin gusto ni talento que, encima, regalan su trabajo a distribuidores e intermediarios; pero como él mismo, según entiende, tiene algunos intereses en el ramo, le parece interesante mezclarse con ellos de cuando en cuando, ir a sus reuniones o hasta invitarlos a alguna de sus casas menos ostentosas.

En alguna de estas tertulias, Golo conversó sobre el libre albedrío con un productor de filmes infantiles:

—Es que no les parece mal —decía éste—; yo les he preguntado y no me dicen que sea pecado, o que se abusa de ellos.

—¿De verdad? —preguntó a su vez Golo.

Y el hombre sonrió.

—¿Qué tal que le digo que todos vienen de peores cosas…? En realidad no es cierto, no sé, bueno, por supuesto no es un criterio que yo aplique para seleccionarlos…, pero, mire, ¿qué me dice de su…?

—Es totalmente distinto —replicó Golo, e hizo una señal precisa con los dedos ante los ojos de Mundo, quien llevaba un traje de hule rosa.

—Es totalmente distinto —repitió Mundo, poniéndose de pie y estrechando la mano del productor—. Totalmente distinto, porque lo que existe entre el señor y yo es, en muy buena medida, un acuerdo de caballeros —el discurso completo duró un cuarto de hora y se prolongó por muchos párrafos complicados, llenos de citas y oraciones subordinadas. Golo sonrió cuando su mascota terminó de hablar sin haberse equivocado una sola vez: le había costado mucho trabajo hacer que se aprendiera cada palabra.

45

El collar se cierra en torno del cuello de Mundo, quien ahora, por primera vez, percibe el vacío que antecede a la asfixia: su pecho quiere moverse, sus pulmones inhalar, pero Golo sigue apretando y, por supuesto, está sentado encima de su cuerpo, dominándolo con su peso. Mundo sólo tiene libre la mano derecha, de la que Golo no se ocupa con el fin de que su esclavo pueda escribir sus impresiones. Golo le ha puesto un teclado delante, sobre la alfombra, justo en el límite de su alcance.

Obedientes, temblorosos, los dedos de Mundo se acercan a las teclas blancas. Pulsan la *m*, la *e*, la barra espaciadora, la *e* de nuevo, la *s*, la *t*...

Pero no es sólo que el esfuerzo requerido sea mayor cada vez; Mundo no puede ver la pantalla de la computadora, que está en su sitio sobre el escritorio, a más de un metro de altura de sus ojos, de modo que no puede estar seguro de no haberse equivocado ya, en una letra o en todas: tal vez su relación sea ya ininteligible, precisamente como el pensamiento que se diluye en la agonía o el delirio. Peor todavía, apenas puede ver el propio teclado, pues su brazo, extendido hacia adelante, cubre casi la mitad de su campo visual. Y así Mundo está en constante riesgo no sólo de errar, no sólo de no terminar, sino de perder del todo el uso del teclado, de quedarse sin voz antes de la muerte prevista: a veces, si uno de sus movimientos se confunde con un espasmo o un temblor de pánico, en vez de dar con las teclas sus dedos golpean el borde recto del teclado, con el riesgo consiguiente de que éste se aleje a una posición más remota de la que su mano podría alcanzar.

Boquea una vez, boquea dos veces, mientras Golo se esmera en observar cuanto puede ver de su expresión crispada, de sus movimientos cada vez más violentos, con sólo las pausas más breves para echar ojeadas al reloj.

46

A veces, Mundo se pone un delantal color blanco y una cofia (y absolutamente nada más) para convertirse en la mucama de Golo. Entonces va por la casa con su plumero, limpiando los objetos más frágiles, desempolvando las superficies. Canta canciones de moda o bien suspira largamente. Golo puede ordenar esta actuación en un momento de hastío, o bien para impresionar a algún invitado. Pero a él mismo no lo excita esta muestra particular de indignidad: es una de muchas "gracias" que Mundo ha aprendido en esta vida suya.

47

En ocasiones, una vez que ha terminado con Mundo y pedido que lo recojan, Golo se queda solo en el cuarto de torturas. Allí revisa los diversos aparatos, varios de los cuales son antigüedades valiosas y conseguidas con grandes desembolsos; todos se mantienen siempre en perfecto estado y listos para emplearse en cuanto su dueño así lo ordene.

Golo y Mundo pasan largas sesiones con las ruedas y los picos, los grilletes y los pesos y los cerrojos. Cada semana utilizan un aparato diferente, de acuerdo con un orden preestablecido y rígido.

Como también aquí le da a Golo por escribir, y la atmósfera del lugar no debe ser perturbada, hay en un rincón una mesa de madera del siglo XVII o XVIII, provista siempre de papel hecho a mano, tinteros de metal y auténticas plumas de ganso.

Hoy, luego de observar dos gotas de sangre seca en un eslabón de acero, Golo se promete reprender duramente a los encargados de la limpieza. Luego se sienta y toma una hoja en blanco.

Desde la arrogancia que le permite su posición privilegiada, Golo se ha valido en numerosas ocasiones del esfuerzo de otros no sólo sin pagarlo, sino negando cualquier reconocimiento de su contribución (escribe Golo). *En esto no se distingue de millones de personas, por igual encumbradas y miserables. Tampoco lo distinguen la inconstancia de sus gratitudes, la tenacidad de sus odios, la persistencia de sus vanidades, la noción de que el mundo podría existir sólo como complemento de su propia existencia; el aprecio de esta libertad soberana y estúpida.*

48

Mundo ve televisión. Este cuarto, que Golo le asigna a veces para cuando decide tenerlo dentro de la casa, pudo haber sido un estudio en otro tiempo, o una recámara. Sin embargo, además del jergón sobre el que Mundo duerme, del plato doble para comida y agua y del montón de aserrín y papel que se cambia con relativa frecuencia, no hay nada salvo la pantalla enorme, que siempre está encendida y proyecta, a todo volumen, una serie interminable de "imágenes de adoctrinamiento": tomas velocísimas de gran cantidad de objetos, de rostros, de cuerpos en movimiento, al ritmo de una música pulsante, monótona, casi desprovista de melodía.

Antes, mucho tiempo antes, Mundo debía observar las imágenes atado a un asiento especial, cuya base está todavía atornillada al suelo. Ahora, que no le hace falta ninguna coerción para continuar en casa con Golo, la silla no está y Mundo se somete a las imágenes sólo de vez en cuando; entonces se acuclilla y las observa, mientras se empeña en suprimir cualquier pensamiento fugaz que no repita cabalmente lo que ve y escucha. De vez en cuando quiere encontrar la palabra "Golo" u otras *claves* ("amor", "obediencia", "placer") que están, según se le dijo en un momento, ocultas en la banda sonora. Nunca las ha escuchado, piensa, pero aun este pensamiento debe reprimirse, mientras la música y las imágenes persisten.

49

–Mundo quiere, Mundo quiere –se justifica Mundo, en voz alta, mientras sigue tratando de pararse de manos en el jardín. Toma impulso, se apoya, levanta los pies y cae. Siempre. Y vuelve a intentarlo, pues Mundo sabe obedecer, aun si Golo no está allí para ver sus progresos.

50

Una vez, Golo consintió en recibir a algunas personas que le habían enviado de una ciudad próxima; su propósito era examinarlo, asegurarse de que estuviera bien. Golo no acostumbra recibir a nadie a quien no haya invitado, y sus sirvientes "normales", que existen en un número impreciso pero considerable, saben que no deben interponerse en su camino a menos que se les llame expresamente. Pero Golo respondió a las preguntas de los visitantes, dejó que le tomaran muestras de sangre y de orina, leyó letras impresas en un cartel; escuchó consejos de salud, alimentación y otras cuestiones. Golo no recordaba el nombre de la persona que le había enviado aquella comitiva, pero se mostró afable y cooperativo hasta el final. Entonces, porque no tenía nada que temer de ellos y porque (lo entendió de pronto) deseaba hacer algo semejante desde hacía tiempo, llamó a Mundo y lo mostró, obligándolo a realizar algunas suertes simples y otras más difíciles y dolorosas. La cara de sus visitantes lo divirtió por un rato. Luego ordenó a Mundo que imitara a un perro de ataque y se fuera encima de una enfermera gorda, para que le mordiese el cuello y le llenara el pecho de saliva.

51

–Si quiere se lo vendo.

   –¿Me lo vende?

   –No, no me vendas. Y tú no me compres. No me

compres. No me compres. No me compres. No me compres. No me compres. No me compres —Mundo termina gritando, abrazado a las piernas de la mujer, quien no se puede soltar mientras Golo ya está hablando con alguien más.

Desde luego, él y todos los otros invitados —incluyendo a los que pasean por el jardín o descansan alrededor de la piscina— escuchan los gritos claramente. Golo mira a su alrededor y sonríe: ha conseguido ver algunos rostros confundidos, u horrorizados, y también el esfuerzo evidente de hombres y mujeres por ocultar sus reacciones, a fin de no ofender al dueño de la casa.

52

De voz y ademanes opacos, su estatura y su complexión son medianas y su rostro es el de cualquiera. La rareza del doctor Hertz está, pues, solamente en su nombre, trivial a fuerza de sonar como determinados nombres o marcas de conocimiento vulgar. Es, precisamente, la rareza que cuadra a alguien como él, cuyo campo de trabajo es tan preciso y tan políticamente incorrecto: si no se le conoce, se le recordará por su apellido raro más que por la vaguedad de sus explicaciones y de sus trayectos.

El doctor Hertz, por lo demás, es indispensable para Golo. Las modificaciones cosméticas de Mundo, como las de aquellos que lo han precedido, no suponen problemas: si son necesarias para combatir el tedio, cualquier criada o estilista medianamente capaz puede rasurar o pintar cabellos, aplicar afeites y pinturas, introducir y extraer accesorios, etcétera; en cambio, y con todo lo que pueden exaltarse "la violencia pura", "las pinzas y las navajas", "el desgarrar sin contemplaciones de una carne", todas esas imágenes, Golo no tiene los conocimientos necesarios ni podría aprenderlos sin un esfuerzo que, en realidad, no desea hacer.

Eso sí, lo que Golo se permitió –como se lo ha permitido siempre– fue comenzar el tratamiento de Mundo con la operación del doctor Hertz, y sin otro preparativo que el aviso de lo que sucedería. Atado en la cajuela del automóvil, amordazado y con los ojos vendados, Mundo sólo pudo escuchar la voz de su amo, que como tal se presentó y que, desde afuera, le explicó la analogía entre su caso y el de los gatos domésticos, y en especial los machos.

–No es nada contra el gato –dijo–, no es un deseo de hacerle daño, ni siquiera es un deseo de que no tenga gatitos. A mí me encantan los gatitos. Pero si no se les trata, los gatos hacen toda clase de desmanes, se pelean, se quieren escapar… Y viven menos. En realidad es por su bien. El gato operado es más feliz.

Tras estas palabras, dos empleados de Golo le dieron tiempo a retirarse y abrieron la cajuela para darle a Mundo unos cuantos golpes y administrarle una dosis leve y veloz de anestésico. Cuando salió de la sala de operaciones, Mundo despertó. Lo llevaban en una camilla; no tenía idea de que ya le había sucedido lo que temía, por lo que se dirigió a Golo y le suplicó. En respuesta, Golo ordenó que la camilla se detuviera, retiró la sábana que cubría al cuerpo de su víctima

y le explicó, con detalles y sin detenerse ante las agitaciones y
los lamentos, la precisa naturaleza del cambio.

Esto escribe Golo, en una tarde aburrida, mientras
Mundo se revuelca en el interior de una tina de baño
llena de jarabe de chocolate. De pronto, Golo tiene la
impresión de que ha desperdiciado el jarabe: no está de
humor.

53

En lo dicho hasta ahora hay, cuando menos, tres mentiras: los escritos de Golo no son tan extensos, copiosos ni
elocuentes como se ha sugerido hasta el momento, sus
hábitos no son del todo los descritos y, sobre todo, Mundo no es víctima de tratamientos ni torturas decididas
por otros.

Es cierto, por otro lado, que Mundo se ha entrena-
do para realizar numerosas rutinas y puede reaccionar
de manera automática, sin que medie ninguna razón ni
temor, a numerosos estímulos. Uno de los más interesantes se presenta en medio de la siguiente escena, que
Golo tardó mucho en urdir y en enseñarle pero que es
de las más llamativas del repertorio común:

Cuando así lo desea (casi siempre de madrugada,
aunque a veces en otros momentos), Golo va a buscar a
Mundo donde se encuentre, le pone la traílla y se lo lleva
a uno de los estudios. No se escucha nada, por supuesto, mientras ambos avanzan, y así como Golo no habla,
Mundo tampoco, sabedor de lo que sucederá y excitado

por la perspectiva de la tarea por venir: una afirmación clara de su devoción y su obediencia.

En el escritorio, junto a la computadora y el teléfono, está el sobre, y dentro del sobre una tarjeta con el número de teléfono de la mujer. Si no hay un sobre, el hecho significa que la mujer cambió de domicilio o de número y habrá que esperar a que el detective la localice otra vez. Pero esto se ha vuelto más y más raro con los años: la mujer ha aprendido que siempre se le encontrará, porque Golo es poderoso —aunque ella, por supuesto, no conozca el nombre de Golo ni tenga la menor idea de sus actividades ni de sus intenciones— y, además, está la anécdota de la suegra. (Por un tiempo, la mujer renunció a tener teléfono, por lo que Golo decidió ocuparse, en cambio, con la madre de la mujer. La anciana, que lo era, no dejó de padecer las llamadas constantes hasta que la mujer se avino a salir de su escondite, visitar a su madre, contestar el teléfono, suplicar por el auricular, asegurar que estaría disponible.)

Golo marca el número. Mundo aguarda. Golo espera a que suene el primer tono y conecta el altavoz del teléfono, de modo que los dos escuchen y puedan hablar en caso necesario. Es la madrugada, así que, como es habitual, contesta la mujer. (En otros horarios contesta la hija, o el hijo menor, pero esto es, como ya se dijo, menos común.) Entonces dice Golo:

—Aquí quieren hablar contigo.

Y —mientras su amo se aleja para dejarlo pasar—, Mundo, que reconoce las palabras como una de varias claves preestablecidas, habla de modo articulado y claro para decir:

—Mi amor, soy yo.

—Fernando —dice la mujer, cuyo nombre es Andrea; en otro tiempo era una pregunta, pero ya no duda y sólo se resigna a continuar.

—Mi amor, estoy bien. Me tienen secuestrado. Me llevaron, no sé dónde estoy, quieren dinero. Quieren un millón —dice Mundo—. Dicen que si no se los das me van a matar. Dicen que si se los das mañana me tienes de vuelta.

La voz de Mundo también está desprovista de cualquier asomo de angustia o miedo. Hace años, sin duda, que Andrea no cree en la posibilidad de su regreso, y él mismo no quiere volver. Pero lo importante no son sus deseos sino la obediencia debida. De haber sido otras las palabras introductorias de Golo, Mundo habría balbuceado como un niño o ladrado como un perro; habría fingido un tono amanerado, habría puesto el trasero y no la boca cerca del micrófono, o habría insultado a la mujer, la habría llamado puta y frígida, vaca, perra: la secuencia precisa de palabras que Golo le indicó.

En este caso, sin embargo, tras "me tienes de vuelta" queda poco por decir: un par de protestas de amor, una pregunta por el bienestar de la niña y el bebé (los parlamentos no han cambiado, se entiende, en todo el tiempo que Golo ha tenido a Mundo) y una breve seguridad de que todo saldrá bien:

—Mañana nos vemos, mi amor. ¿Verdad? —tras de la cual Golo, quien se excita invariablemente con el inter-

cambio, cuelga el teléfono, se baja los pantalones y penetra a Mundo rápida, nerviosamente.

–Bien –dice, varias veces, siguiendo su propio ritmo–.
Bien, bien.

Años después

De la casa, como de todas las que se levantan en la barranca, sale un cable, que sube hasta alguno de los postes de luz de la avenida. Pero el de aquí se ha roto nuevamente. Si alguien entrara ahora no los vería. Aunque nadie va a entrar.

Afuera se oyen los sonidos de siempre a esta hora de la noche: las voces de los borrachos, el roncar de los viejos, los gritos más o menos distantes, las televisiones y los aparatos de sonido de quienes sí tienen electricidad, el correr del agua en el fondo de la barranca. También se puede oler el agua, que sale de las casas y cae por hendiduras mal excavadas y segmentos de tubo. El hedor, nadie sabe por qué, parece venir desde abajo: trepa por entre los hierbajos y las piedras, pasa por los huecos en los trozos de cartón y de lámina, llena todos los espacios. Los fuegos no lo queman; el viento —que cada día trae la basura de la avenida, que cada tanto deja sin techo alguna casa— no se lo lleva.

Hace un año, él miró por primera vez el gran agujero en la tela de alambre que cerca el predio y la rampa que parte del agujero, que se inclina bruscamente para pegarse a la ladera y convertirse en un sendero que se pierde entre las casas, según la mirada va descendiendo, y llega al fondo, un par de cientos de metros más allá y más abajo, donde terminan las construcciones y comienza el cementerio.

—¿Allá abajo no pasamos? —le preguntó a su compañero.

—No mames —dijo éste, calándose la gorra—. ¿Cómo vamos a pasar? Ellos suben su basura para allá —pero no señaló ningún sitio, y en cambio se echó a andar otra vez, empujando su bote con ruedas.

Ahora, en el espacio estrecho y frío entre dos casas, un perro yace, con el vientre perforado muchas veces, al borde de un charco. El agua se confunde con la sangre. Los niños que lo mataron lo rodean. No han soltado sus armas. Todos se esfuerzan por oír, entre el retumbar de las otras músicas, una cumbia que alguien ha puesto a todo volumen en algún lugar remoto, tal vez en un baile de verdad en alguna de las colonias circundantes.

Hace unas horas ella preguntó:

—¿Va a estar ocupado? —su voz, como casi siempre, sonaba fatigada; daba la impresión de hablar dormida. Los dos cruzaban la avenida en dirección a la barranca. Ya podían ver los techos acanalados de las primeras casas, asomando más allá de la banqueta, y pronto verían las otras y hasta el cementerio.

—¿Qué? —respondió él, llevándose la mano a la oreja.

—Que si tiene algo que hacer —dijo ella. Se detuvieron ante un puesto improvisado. La mujer que lo atendía preparaba el anafre para cocinar y sacó el frasco de plástico en donde guardaba el aceite. El líquido, pensó él, no debía de tener más de unos pocos días: ya se había puesto gris pero todavía era transparente y apenas tenía partículas suspendidas. La mujer lo vertió en la superficie del comal y ambos lo vieron calentarse súbitamente y empezar a bullir.

—No —dijo él—, ya por hoy ya acabé —y le mostró las manos vacías. Acababa de dejar su escoba junto con las otras en el almacén.

Ella no entendió el gesto pero no dijo nada.

—¿Y usted? —preguntó él.

Tuvo que repetirlo porque un par de camiones con doble remolque pasaron rugiendo junto a ellos. La mujer del comal preparaba tacos de queso y los echaba en el aceite hirviendo.

Ahora, la mujer fríe tacos de papa en el mismo aceite: toma un poco de papa machacada de un recipiente de plástico, lo pone sobre la tortilla, hace el rollo y lo asegura con un palillo de madera. El aceite se ha puesto negro pero los clientes —un taxista, un par de prostitutas, un vagabundo con un poco de suerte— aguardan ansiosos.

Y él, en el interior de la casa diminuta, no se ha quitado su overol naranja, lleno de manchas profundas, pero ella lo abraza de todas formas, lo toma de la cara, lo besa con el gemido falso que dedica a otros, y que no puede contener.

Hace tiempo, él fue hasta la esquina donde ella trabaja, al otro lado de la avenida, donde empiezan los pasos a desnivel hacia la carretera y las bodegas abandonadas, con las paredes cubiertas de graffiti. Los coches se estacionan de prisa, recogen a quien esté esperando y se marchan. Ella discutía con su padrote, quien se puso a golpearla. Él esperó hasta que el padrote terminara y se fuera, y luego se acercó.

–¿Cuánto? –preguntó.

–¿Qué? –respondió ella. Había quedado sentada en el piso.

–¿Cuánto?

–No, ahorita no. ¿Qué no ves?

Él se arrodilló y la miró directamente a los ojos.

–Por favor levántese –dijo. Ella lo hizo, con dificultad, pero él siguió de rodillas.

Muchas veces, luego de esa primera noche, se ha vuelto a poner en la misma posición. Y ella, siempre que lo ve hacerlo, siente el mismo impulso.

–No se ría –le dice él, pero no se pone de pie.

Luego ella supo que, antes de conocerla, se había arrodillado ante muchas otras personas del rumbo, y aún sigue haciéndolo, a veces para hacer una petición humilde –como si quisiera decir "por favor" con todo el cuerpo– y otras por razones menos claras. Pero ahora, mientras siguen besándose, ella no piensa en eso. Intenta concentrarse en el momento. Sólo la distraen, ocasionalmente, los chillidos de un bebé y de su madre en una casa cercana. La madre, quien ordena una y otra vez al bebé que se calle, tiene (como era de esperar) una voz mucho más potente, pero es así hasta el punto de que en ocasiones el bebé ya no se escucha en absoluto, y sólo se oyen los gritos de la chica. Rara vez sucede que la televisión, siempre encendida (esa casa tiene una mejor instalación eléctrica, dependiente de su propio cable), se escuche más que las voces.

—Está loco —le dijo Vecky, una de sus compañeras, luego de verlos juntos por primera vez.

—¿Cómo loco?

—No mames, todo el tiempo anda de rodillas.

—No es todo el tiempo.

—Y habla solo.

—¿Y qué?

—Bueno, mira, allá tú. Nomás no le empieces a hacer descuentos porque…

No terminó pero tampoco dijo nada más: sólo se quedó mirándola.

Él la acaricia a ciegas, bruscamente: sus manos tropiezan y vuelven a tropezar con la carne hinchada de los costados, del vientre y el trasero, que cede a la presión pero no de inmediato. Su contacto siempre le hace recordar cómo se deforman los costados de cualquier prenda que ella se ponga. Ahora toca sus senos, enormes, pesados; como siempre, el contacto le disgusta. Pero la imaginación de ese contacto fue lo que le llamó la atención cuando la vio por primera vez, de pie en su banqueta, vestida sólo con una falda corta, una camiseta sin mangas y zapatos negros de tacón. No sólo tenía el cabello recogido en una cola apretadísima, que no ocultaba nada de su cara. Además, tenía las manos entrelazadas sobre la nuca y cada tanto, sin aviso, echaba los codos hacia atrás, para que el pecho saltara hacia delante.

—Oiga, don, ¿a poco todavía, a su edad...? —le preguntó ayer su jefe, quien le asigna las calles que debe barrer, lleva el control de sus asistencias y le paga cada quincena.

—¿A mi edad qué? —preguntó él a su vez.

—No se vaya a ofender. Yo, cuando..., cuando tenga su edad, también quisiera todavía...

—Ah, no, pero cómo cree, a mi edad... Uno ya está jodidón.

El jefe se rió.

—La verdad ya no se nos para nada y todo nos cuelga y damos asco. Yo sé que apesto peor cuando no traigo el uniforme. La gente me lo dice: "Chale, pinche ruco, a ti te deberían llevar con todo y tu basura y quemarte o algo para que no estés afeando la ciudad, porque a mí me ofendes. Me molestas. ¿Me oyes, puto? Me ofendes y me parece una chingadera que sigas vivo, respirando aire que yo podría estar respirando, y si de por sí la pinche ciudad está del asco, tú..."

Levantaba los brazos, apretaba los dientes, daba grandes zancadas por la oficina. Otras personas se detenían a mirar.

A lo largo de los años, luego de su llegada a la barranca, los vecinos han ido trayendo costales de arena y de escombro para reforzar los cimientos de las casas, construidos con materiales aún más frágiles, y también para aminorar la inclinación de la pendiente. Hacerlo era indispensable: a ambos lados del cementerio están los restos, desgastados y casi irreconocibles, de muchas casas que los deslaves arrancaron o que simplemente se desplomaron desde donde estaban. Esta historia se la contó ella a él, una noche, mientras los dos yacían en el catre que ocupa la mitad del espacio de la casa. No le dijo si ella había estado entre esos primeros ocupantes de la barranca. Ahora tampoco le dice nada mientras le abre el cierre del overol, y él, por su parte, empieza a bajarle la falda. En cambio gime una o dos veces. Cuando la falda ha caído al piso, él se afana en quitarle los zapatos. Ella se deja hacer pero, en cuanto él termina, se apresura a quitarle el overol y a tenderlo en el catre. Luego se monta sobre él.

—Qué bueno que al fin sí se quiso venir —dice.

Jamás ha visto otro cuerpo con tantas cicatrices, tan estragado: la espalda está cubierta de surcos y agujeros, y el vientre, a la vez hinchado y lleno de arrugas, no es de un blanco uniforme, como ella esperaba: por el contrario, está cubierto de manchas pardas, grises, verdes, cuyo origen desconoce. Además, el ombligo tiene una argolla de metal, parcialmente enterrada en una floración de carne pero todavía visible.

—De hace mucho —explicó él, la primera vez que ella lo vio desnudo—. Se veía mejor antes pero se infectó.

Ahora, tras dar un beso a la argolla, besa también los huesos de la pelvis, que sobresalen y tensan la piel; el miembro dormido entre las piernas, bajo un bosque negro y ralo, y las cicatrices de los muslos y los talones.

Hace algunos meses, justo después de que él decidiera mudarse del cuarto en el que vivía, los dos se emborracharon con un par de botellas, llenas y sin abrir, que él encontró en su bote. Jamás había hecho un hallazgo semejante y los dos creyeron que era apropiado celebrar. Como la casa tenía luz eléctrica, él la esperó sentado en el catre y viendo televisión. Cuando ella volvió, los dos comenzaron a servirse en vasos de plástico: no sabían exactamente qué bebían, pero sabía bien –probablemente era algún licor de frutas, tal vez hasta de los hechos en casa– y pronto estaban riendo y besándose. Hicieron el amor un par de veces y se quedaron dormidos hasta la mañana siguiente.

Vecky llegó a despertarlos.

–¿Dónde estabas? –le dijo a ella–. Aquél está bien encabronado, tenías gente esperando.

Él también había faltado a su trabajo. Mientras iba a arreglar que no lo despidieran, ella fue a recibir una paliza. Cuando se volvieron a encontrar él la llevó a la farmacia más cercana, del otro lado de los pasos a desnivel, para comprar gasas y alcohol. Luego se equivocaron de microbús para volver y, perdidos en una colonia que no conocían, caminaron un par de kilómetros hasta llegar de nuevo a la avenida.

Entraron a comer en una fonda, pequeñísima, que nunca habían visto. No había más que pan y café. Los dos estaban a la mitad de sus tazas cuando un hombre llegó hasta su mesa y se sentó con ellos.

–Éste es un secuestro –les dijo. Era calvo, no tenía

cejas ni pestañas y sus manos temblaban–. Les voy a robar un poco de su tiempo porque quiero mostrarles, hacerlos partícipes de mi obra. Yo soy Abdalá Martínez de las Fuentes, y tengo veintisiete años de carrera literaria, independiente, sin depender de nadie y sin que jamás haya registrado una sola de mis poesías, porque yo creo que el arte es de todos. Si me lo permiten les voy a leer. Traigo varias, varias copias también…

Abrió un portafolio que traía y sacó un montón de fotocopias unidas con un clip. Las separó y las fue mostrando. Eran numerosos juegos de poemas. Él y ella leyeron rápidamente algunos títulos.

–¿Cuál les gusta? Escojan uno. ¿Ése? –ella había hecho un gesto vago en dirección a una de las hojas– Muy bien. Se los voy a leer. Espero que lo disfruten.

El señor Martínez leyó:

ESCLAVO NACIDO.
(Para Ma. Luisa Cervantes)

–Como pueden ver –aclaró– está dedicado, pero la información de la dedicatoria me la reservo, porque esta reflexión yo considero que es universal.

–Ah –dijo ella.

Y el señor Martínez volvió a comenzar:

ESCLAVO NACIDO.
(Para Ma. Luisa Cervantes)

Sujeta el CUERPO
siempre a lo que ordena el ESPÍRITU
si no quieres vivirlo TODO
sin aprovechar NADA

mejor es que salgas de esa vida
que te tiene atormentado ahora
y vivas una nueva hora tras hora
¡para que no sea una vida perdida!

sabiendo que de tu CREADOR
eres solamente el ESCLAVO
pero un ESCLAVO NACIDO
DE DIOS: ¡esa clase eres de esclavo!

así entenderás... la escencia
de tu ser y no lamentarás
entregarte al PODER QUE ES MÁS
benevolente y más ¡virtuoso!

y sabrás que tu ser rebelde
INEXPERTO en la edad temprana fué
y que la verdadera libertad...
¡está siempre en seguirlo a ÉL!

–Yo –continuó el señor Martínez– me llamo Abdalá, que significa "siervo de Dios", así que este poema viene siendo como mi autobiografía. Pero también tiene su mensaje, que está simbolizado en los versos de la poesía. Por ejemplo, en la primera estrofa está la rima, que ahí la hice más bien haciendo no que rimara estilo clásico sino que fuera de opuestas. Contradictorias. Se dieron cuenta, ¿no? Cuerpo y espíritu, todo y nada, son las palabras clave para entender...

Desde entonces él no ha vuelto a la fonda: en parte, según lo ha dicho, se debe a las palabras que le dijo al señor Martínez antes de que éste pudiese proseguir:

–A mí me caga la poesía.

El señor Martínez se interrumpió de golpe, parpadeó varias veces y levantó un dedo tembloroso mientras decía:

–No veo, señor, la razón de que me hable en ese tono y enfrente de la señorita.

–No es señorita.

–De la señora que merece respeto –dijo el señor Martínez.

–Uy, sí, respeto –replicó él, y así durante un rato muy largo, durante el que todos los presentes escucharon la refutación, cada vez más estridente, de todas las ideas que el señor Martínez se atrevió a formular.

Ahora ella dice:

–Espérese –y se baja del catre. Camina hasta la mesa de madera, tomada de un tiradero, en cuyo extremo está la parrilla eléctrica. Bajo el otro extremo hay una caja y ella se inclina para levantarla. Al hacerlo se golpea con el borde de la mesa pero no dice nada.

Sólo hay una casa más abajo que la de ellos, más cerca del cementerio. Y en su interior, justo en este instante —por un azar del que ninguno de los dos se va a enterar—, varias manos levantan del piso de tierra un envoltorio, muy pesado, hecho de cobijas a medio pudrirse. Un estertor sale del envoltorio pero nadie lo escucha.

Él tampoco sabe que ella ha vuelto muchas veces a comer a la fonda y, si bien no se ha encontrado nuevamente con el señor Martínez, en cambio se ha vuelto amiga de la cocinera, quien desde el primer día se empeñó en hablarle. La cocinera está afiliada a algún culto que exige de sus fieles el buscar constantemente nuevos adeptos, y cumple con esa obligación; no ha logrado que ella acepte acompañarla a su templo pero tampoco se ha rendido, y hoy —dado que conoce ya algunos detalles del pasado de ella— intentó una nueva estrategia: hacerle ver que su vida es terrible y que merece algo mejor.

—*Alguien* mejor —subrayó—, alguien que de veras la quiera.

—Yo soy un culo —le contestó ella— y él es una verga. Es muy simple. ¿Por qué la gente no lo entiende?

La cocinera abrió la boca.

—Para el caso hasta es más simple: yo soy un culo y él también.

Ahora ella ha abierto la caja y ha sacado el objeto. Tiene dos puntas y ambas parecen limpias pero en realidad, además de estar muy desgastadas, tienen restos de mugre diminutos, endurecidos, ya imposibles de quitar. Desde hace tiempo, ni ella ni él se han preocupado de limpiarlas a fondo.

Ella le acerca el objeto. Él lo toca, para orientarse en la oscuridad, y acerca la nariz a una de las puntas. Casi de inmediato entreabre los labios. Ella no lo ve. En cambio, piensa en el objeto en sí mismo: en el número cardinal de las ocasiones en que ha usado, sentido, el objeto. No tiene idea de cuál pueda ser. Desde el último día, desde que salió de la otra casa, lleva consigo esa reliquia.

Él dice:

—¿Ya?

Ella no responde. Él se pone a cuatro patas y levanta el trasero sin bajarse del catre, para ofrecer el mejor ángulo posible. Luego cierra los ojos, aunque sigue sin haber luz y todo lo que alcanza a percibir es el contacto de una mano de ella, que trepa por sus muslos y tantea buscando el conducto. Luego siente la punta. Luego el resto. Ella se acerca a la otra punta del objeto, segura, mientras un coche pasa despacio por la avenida, a gran altura sobre los dos y sobre todos.

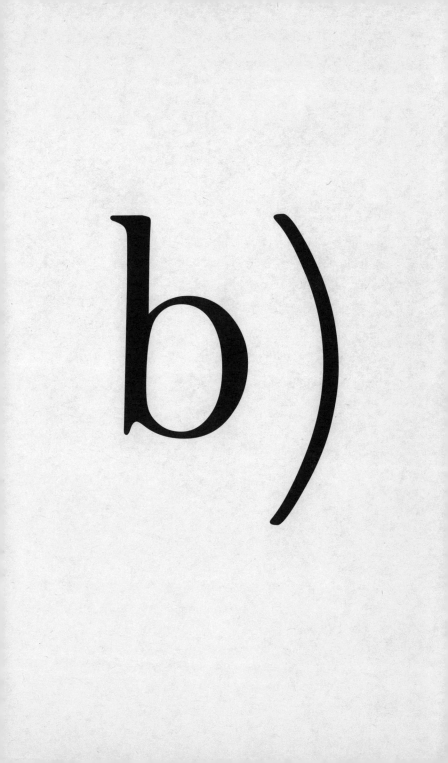

Siempre digo: mañana… y luego olvido.
Y muestro a las visitas, orgullosa,
una sala en la que resplandece
la regla de oro que me dio mi madre.

ROSARIO CASTELLANOS

54
–Güey, pinche Rodrigo…

–¿No te estoy diciendo que me esperes afuera?

–Es que tengo que…

–Ya dale una raya pa que no esté chingando, pinche Rodrigo –dijo el actor–, se me va a bajar.

–Lárgate –dijo Rodrigo–. ¿Qué no oíste, pinche Marlene? ¡Para afuera, chingada madre, hija de tu puta…!

No detuvo la grabación al levantarse, y la cámara pudo registrar cómo el actor salía del interior de la actriz. No vio, en cambio, cómo Rodrigo fue hasta Marlene y le dio un golpe fuerte en la coronilla: un zape, con la mano abierta, para humillarla. Tampoco vio cómo ella no se echó para atrás y, al contrario, empezó a forcejear con él, resistiendo sus esfuerzos para echarla del cuarto y hablando en voz baja, deprisa, de modo tal que nadie podía escucharla entre los gritos de Rodrigo y el ruido que hacían los cuerpos de los dos al chocar con las paredes y los muebles. Sólo hasta que ambos golpean a la propia cámara aparecen en la cinta, entrando y saliendo del cuadro que se mueve de manera espasmódica, indicando las ocasiones en que el aparato estuvo a punto de caer y sólo las manos de otro de los presentes (no se sabe quién) lo detuvieron. Al fin, Marlene pudo acercarse lo bastante para murmurar, en el oído de Rodrigo, cinco palabras. El movimiento, y su propia cara, quedan, aquí sí, en el centro de la toma, junto con la cabeza de Rodrigo y una ventana sin tapar que da a una pared de ladrillos.

También se ve claramente cómo el hombre se apartó con brusquedad y optó, ahora sí, por un golpe más fuerte: un revés, de derecha a izquierda, que la tiró al piso.

En vez de volver a la grabación, sin embargo, se apartó de Marlene, sacó la cinta de la cámara y salió.

—Te dije —indicó la actriz, mientras se ponía su bata—: cuando andas con él es otra cosa.

—Le caga perder la..., ¿cómo se dice? —preguntó el actor.

—La compostura. Pero no, es que está hasta la madre.

—¿Qué hago con la pinche cámara? —preguntó algún otro de los presentes.

Desde donde estaban, se oían las patadas que daba Rodrigo en la pared del corredor.

—Oye, pinche Marlene, ¿pues qué le dijiste ...?

Copiado lo que podía rescatarse de la escena del coito interrumpido, el resto de la grabación no fue borrado y existe aún, almacenado en la casa del pueblo, que Marlene abandonó muchos años más tarde y que nadie ha vuelto a habitar.

Marlene había dicho:

—Vas a ser papá, cabrón.

55

–Tú siempre estás encuerada, ¿verdad? –preguntó el licenciado.

Yuyis no respondió. No sabía qué decir.

–¿Estás…? –comenzó el licenciado, pero desistió. Cerró la puerta y comenzó a aflojarse la corbata.

56

Cuando decidió que no podría volver a dormir *nunca*: que el ruidero iba a seguir y a seguir y a seguir y nada podía hacerse, Marlene se decidió a aceptar la oferta de su primo y hablar con el hombre de la judicial.

–Porno.

–¿Y qué?

–Además se meten cosas.

El policía no dijo nada.

–Dile lo otro –pidió el primo.

–¿Qué cosa? –preguntó Marlene.

–¿Qué cosa? –preguntó el policía.

El primo le recordó a Marlene, rápidamente, y ella dijo:

–Ah, eso.

–¿Sí es cierto? –preguntó el policía.

–Sí, sí es cierto.

–Eso sí es para que les caigamos.

–Es que sí son bien… –empezó Marlene, pero no encontró las palabras precisas y no continuó. Su idea había sido describir las sesiones de grabación con las muchachas (como ella misma les decía) y también con los niños. A ella todos le parecían malos: no sabían actuar, y además no eran simpáticos ni nada: muchas veces eran horribles.

—El día menos pensado le hace eso también a la nena —intervino el primo. La nena, acostada en una cuna vieja en el cuarto contiguo, no había dejado de llorar.

57

Tiempo después, ya en la casa que había sido de su madre, Marlene miró a la pequeña, que no aprendía a caminar pero ya se movía de un lado a otro: apoyaba un brazo en el suelo y echaba hacia delante las piernas. A Marlene le recordó a una amiga suya, que ya borracha tampoco era capaz de levantarse y se arrastraba siempre de un modo distinto.

—Pinche Yuyis —dijo, a la mitad de una sonrisa precaria. Se dio cuenta de que no recordaba sino ese apodo de su amiga.

58

De vez en cuando, a pesar de todo, se había dado tiempo para enseñarle algunas palabras:

—Yuyis —le decía, mientras le movía una mano. Las dos veían la televisión. Yuyis tenía la barbilla llena de restos de comida, pero Marlene se sentía demasiado a gusto para levantarse y llevarla a bañar.

—Uyis —decía la niña, y se agitaba débilmente.

—No: Yuyis —dijo Marlene—. Yuuuu, yissss.

—Uyis.

—Ay, hija de tu pinche madre…

—Che made —dijo Yuyis.

59

Con la cámara encendida y grabando, Marlene se acercó a la cama para observar la actuación de Yuyis. Se sentía intranquila.

—Sí, sí —decía Yuyis—, sí. Más.

No lo hacía bien: decía las palabras, movía las caderas, respiraba pesadamente, igual que como lo había visto en tantas películas, pero algo faltaba. Algo había faltado siempre.

—Ay, ay, ay —dijo el muchacho, que tampoco lo hacía bien pero, por lo demás, no era sino un pobre tarado: el conductor de uno de los camiones que transportaban las películas. Sus dos compañeros, que cargaban las cajas y llevaban el dinero, no habían conseguido una erección y aguardaban a un lado, cuidadosamente fuera del campo visual de la cámara.

—Espérate —dijo Marlene.

—Ya me vine —dijo el muchacho.

Marlene nunca supo describir ni resolver el problema. Por las mañanas, mientras estaba sola ante el escritorio, se consolaba con las funciones perfectas que ella sabía imaginar.

60

El objeto se llamaba Dildo. Más tarde lo olvidó, pero en aquel tiempo, cuando Marlene no estaba, Yuyis jugaba con él: lo tomaba y lo hacía caminar por el piso, como a un cochecito. También, en ocasiones, le hablaba.

Ella creía que todos en el mundo tenían nombres con dos sílabas: Yuyis, Marlene, Dildo... También estaba Señor, que iba a a veces a la casa y del que ella debía esconderse muy bien, porque era malo y si la veía era capaz de llevársela lejos. Como Marlene, de cuando en cuando, se había avenido a enseñarle palabras, ella jugaba a enseñárselas a Dildo, y sobre todo se encargaba de repetirle los nombres. No aprendió a decir "misterio" sino hasta mucho más tarde, al trabajar en *El misterio de la cueva peluda*, pero el término le habría servido en sus lecciones. Le fascinaba el misterio de la regularidad de los nombres, su afinidad con el latido de su propia voz, y también la fractura: Marlene y Señor eran distintos, temibles, y tal vez era así porque sus nombres se pronunciaban del otro modo: del opuesto.

—No es *MAR-len* —aleccionaba a Dildo—. Es *Mar-LEN*, *Mar-LEN*, *Mar-LEN*, *Mar-LEN*, *Mar-LEN*, *Mar-LEN* —y al final marchaba por el cuarto, con la vacilación o la caída que jamás consiguió quitarse del todo, agitando su bastón de mando a los sones de esas sílabas que salían, además, con ese movimiento tan extraño de la lengua, que se adelantaba y retrocedía dentro de la boca.

—¡Ya cállate, pinche Yuyis! —decía Marlene cuando llegaba y la encontraba todavía dando vueltas, alrededor de la mesa del comedor o de un lado a otro del pasillo, enfebrecida, haciendo a Dildo subir y bajar.

61

—Es que yo no quería —explicó mientras se levantaba. Habría querido decir más pero le costaba hablar: su mandíbula no quería moverse.

Ya se había aclarado que a ella no debían arrestarla, pero el departamento seguía lleno de policías y de fotógrafos. Dos de éstos habían conseguido fotos de Marlene, pero los demás preferían concentrarse en los estantes llenos de videos y, sobre todo, en la pantalla en la que permanecía, inmóvil en la pausa en que Rodrigo la había dejado, la cara de un niño a la mitad de una felación. Las fotos no eran para los medios en los que los fotógrafos colaboraban habitualmente, sino para hacerse circular de otro modos. Un fotógrafo más audaz que sus colegas se guardó un par de cintas mientras nadie lo miraba.

—¿Pero entonces qué chingados querías? —le preguntó su primo—. Siéntate.

Ella no se sentó.

—Meterle —dijo—, meterle un susto.

—No mames… Siéntate, Marlene.

Marlene se puso en cuclillas para buscar debajo de la cama.

—Tú sabías —dijo el primo—. Tú sabías que si le caían…

Marlene no podía responder a esa afirmación y en cambio dijo:

–Ya no iba… Ya no iba a regresar… Andaba con una de esas… La que sacaron ahorita. ¿Sí la viste? ¿La que tenía el pelo verde? Además… Decía que él no era el papá. Que ya no iba… Un hijo de la chingada. Y yo…, yo dije…, yo dije para qué voy a perder el tiempo con un pendejo como…

Rodrigo estaba editando la felación al llegar la policía. Su error (pero esto no lo entendió Marlene en aquel momento) había sido tan sólo el ser un recién llegado: haberse mudado apenas a aquel rumbo de la ciudad, y no haber pagado aún las cuotas correspondientes para que se le permitiera trabajar. El amigo de su primo trabajaba en los negocios más antiguos, y por esto la sugerencia de atacar a Rodrigo –un desconocido– le había caído tan bien.

–Pues ahora menos va a regresar –dijo el primo–. Oye, y tápate –agregó, mientras le echaba una sábana a la espalda.

Marlene se levantó y la sábana cayó a sus pies. Fue hasta la ventana, la abrió y se puso a buscar por fuera, bajo el antepecho.

–¡Métete, Marlene, estás encuerada!

–Él fue el que me dijo… Él me dijo que no me hiciera el… ¿cómo se llama? El legrado.

El primo fue hasta Marlene, la apartó de la ventana, volvió a echarle la sábana sobre la espalda y la forzó a ponerse un calzón y unas sandalias.

–Espérate. Van a venir…, en cualquier momento van a venir…

–No, espérate tú –dijo el primo–. Oye, y ¿te lo querías hacer? ¿Querías…?

Rodrigo salió en todos los noticieros televisivos como cabeza de una banda internacional de creadores de pornografía infantil, con distribuidores en once países y que tenía el monopolio de ese comercio en todos los estados del centro de la república. Todavía está en la cárcel. Como Marlene, casi todos los adultos de su equipo habitual pudieron escapar y cambiar de trabajo o retomarlo con otros distribuidores. Tres de los niños, incluyendo al exhibido en la pantalla, fueron a dar a orfanatorios; el resto pudo continuar.

–Van a venir y se lo van a llevar todo –dijo ella.

–No mames, Marlene.

Marlene empezó a temblar. Tenía mucho frío.

–Marlene, eso es asesinato.

Ella entró en el baño y examinó el excusado. Tuvo miedo de bajar la palanca.

–No viste que sacaran…, que sacaran bolsitas de nada, ¿verdad? Ahorita.

–¿Para qué coges si no quieres tener hijos?

–Para comer, pendejo –replicó ella, furiosa, mientras la sábana caía de su espalda. En la cuna improvisada en un cajón del tocador, la niña empezó a llorar–. Pero ahí está, ¿no? Y yo me voy a ocupar, ¿no? No te estoy pidiendo tu pinche ayuda. Voy a hacer mi propio negocio.

–¿Qué?

La sábana volvió a caer al piso.

62

—¿Usted no usa?

—Qué pasó, no me chingues —dijo el licenciado, pero sonreía—. A ver tu juguetito... ¿Es de metal de a deveras?

—No sé.

—No pasan por aquí muchos hombres, ¿verdad?

63

—No —le pidió Yuyis—. Deja.

—Espérate.

—Pinche madre —pero Marlene no se detuvo. Separó las piernas de Yuyis y, con muy poco forcejeo, consiguió introducir a Dildo. Yuyis sintió que algo se ensanchaba adentro, y luego dijo:

—Ay.

—Tengo ocho años, tres meses y..., no cuatro meses... He estado esperando un *chingo*...

—Ay —volvió a decir Yuyis, porque Marlene tiraba de Dildo y la sensación de vacío, en ese sitio que ella desconocía hasta poco antes, se había vuelto extraña.

—He estado esperando un *chingo* —volvió a decir Marlene. También volvió a meter a Dildo y esta vez Yuyis reconoció que sentía dolor. El juguete era suave y terso entre las palmas de sus manos, y se deslizaba sin dificultades por el piso, pero adentro se abría paso a la fuerza, como rasguños innumerables todos juntos, todos a la vez.

—¡Ay, pinche madre!

−*Un chingo* −volvió a decir Marlene, y la segunda salida de Dildo fue también dolorosa, y la nueva entrada lo fue aún más, y pasó tiempo antes de que Yuyis empezara a sentir algún alivio.

Al terminar, Marlene dijo:

−Ahora sí vas a desquitar. Yo no sé por qué le hice caso al puto de tu padre, pero ahora sí vas a desquitar.

Yuyis tardó mucho en volver a jugar con Dildo, a pesar de que Marlene dejó de tenerlo escondido y lo mantuvo a la vista a partir de entonces.

64

−Te voy a comprar −dijo Marlene− unos vestidos chulos.

Yuyis, sentada en un sillón de la sala, se rascaba una ingle.

−¿Qué? −preguntó.

−Sí, total, un montón de vestidos. Total. Y además voy a comprar, ¿cómo se llama? Cosas, utilería, para que se vea mejor que los telones, ¿no?, que se vea mejor que nada más pintado. ¿Te gusta? ¿Sí? Sí, ¿no?, sería bonito. Saldrían mejor las películas. A lo mejor hasta las empiezo a distribuir…

Yuyis volteó a mirarla y reconoció el movimiento nervioso de las manos.

−Límpiate la nariz −dijo.

−¡Oh! −se quejó Marlene−. No me regañes. Bien que te gusta a ti también, ¿no? Ven.

Yuyis fue tras ella.

−¿Me la puedo poner ahí también?

—Bien que te gusta allá abajito —le dijo Marlene mientras entraban en el cuarto.

65

—Ve nomás —dijo Marlene sin dejar de mirar la pantalla de la televisión.

Yuyis no la oyó, porque estaba en el baño, pero Marlene no se había dado cuenta.

—Estás igual que ésa. Igualita —prosiguió, señalando a la muchacha que contaba su historia en el programa—. Podrías haber sido una artista.

66

—Cómete todo.

—No.

—Quiero el plato limpio, ¿me entiendes?

—Lávalo. Pinche floja, siquiera haz eso.

—Si me sigues respondiendo…

—¿Qué, pendeja?

—Ándale, Yuyis, síguele.

—¿Qué, puta?

—Te saco.

—Huy, sí, ¿a ver?

—Te voy a sacar.

—Pues sácame.

—¡Te voy a sacar!

—¡Pues ya te estás tardando, pinche bruja!

Casi nunca pasaba nada después de esas discusiones. Pero aquel día Marlene se hartó, cayó sobre Yuyis y la levantó en vilo. Yuyis se retorció y logró darle en la cara con un pie, pero Marlene no la soltó, caminó hasta la puerta del patio, la abrió y echó afuera a Yuyis, quien cayó de boca en el piso de tierra.

Yuyis, aturdida, levantó la vista para darse cuenta de que ya era noche cerrada. Sobre ella cayó el plato con los restos de su cena: sintió el golpe del plástico en la espalda y luego la humedad de los trozos de carne y el caldo, que resbalaba hacia su vientre.

Durante las primeras horas (esto, observó Marlene, era algo nuevo: era orgullo) se negó a decir nada, pero hacia las dos o las tres de la mañana ya gemía y se quejaba como siempre. Golpeaba la puerta con las palmas o con la cabeza, y desde la ventana se podía ver que permanecía tendida, a veces hecha un ovillo y a veces con las piernas estiradas. Intentaba, supo Marlene, que nadie se diera cuenta de que estaba allí.

Es que Yuyis temía que llegaran por ella. De pronto, luego de mucho tiempo de espera, se escuchaba lejos un ruido indescifrable: tal vez un grito de alguien en el pueblo, un objeto movido por el viento que se abría paso desde el desierto, el rascar de un animal entre las piedras, y ella cambiaba de posición. No sabía en cuál podría quedar menos a la vista: unas veces intentaba aplastarse, poner todo el cuerpo tan cerca del suelo como fuera posible, y otras se comprimía, para ocupar menos volumen.

Una o dos veces, el ruido del motor de un coche llegó a oírse desde lejos, y Yuyis empezó a retorcerse en el suelo, frenética, como un pez en sus últimos momentos.

Por la mañana, cansada, frotándose los párpados, Marlene abrió por fin la puerta. Yuyis se había quedado dormida allí, sobre el suelo, a pesar del frío y de la aspereza de las piedras entre la tierra apisonada.

67

—¿Usted cómo se llama?

—Juan —le dijo el licenciado—. ¿Tú de veras te llamas "Yuyis"?

—Sí, ¿por qué?

—¿Cómo te apellidas?

—¿Qué?

68

Yuyis tenía diez años cuando Marlene leyó la noticia en un periódico: una mujer había sido arrestada por asesinar a mordiscos a su propio hijo de meses. Le disgustaba "que no se callara nunca".

—Mamá —gritaba Yuyis, tendida en el patio.

Marlene se sorprendió de que usara esa palabra: hacía muy poco que hablaba con cierta fluidez, y ella jamás le había enseñado ese término ni ningún otro semejante.

—Que no me lleven, mamita —pidió Yuyis—, que no me lleven.

Con esa segunda sorpresa, Marlene olvidó definiti-
vamente la impresión de gran asombro que le había cau-
sado la historia de la madre asesina, cuando ella llevaba
tanto tiempo castigando a Yuyis de la misma forma, y
no siempre de noche, cuando en realidad nadie la vería
nunca.

69

Además de la casa, Marlene había heredado de su madre
una plaza de secretaria: tenía el derecho de ir al edificio,
ocupar un escritorio y recibir su sueldo y las prestacio-
nes básicas. Como casi nunca había nada que hacer más
allá de redactar oficios y otras tareas semejantes, Marlene habría podido dedicar mucho tiempo a cada una
de ellas, de tal modo que alcanzaran para cubrir todo
su día. Por el contrario, sin embargo, le gustaba terminar de prisa (aunque no entregar de prisa los encargos,
para que no la vieran mal sus compañeros de trabajo) y
usar el tiempo libre para dedicarse a sus propias ocu-
paciones.

Las más urgentes de éstas eran las que tenían que
ver con su negocio, pero ninguna era demasiado ardua:
el camión llegaba cada quince días, un jueves sí y otro
no a las tres de la mañana, y sólo hacía falta confirmar la
llegada un día o dos antes; los camiones más pequeños,
camionetas y enviados a pie que recogían la mercancía
para distribuirla por todo el estado llegaban con la misma discreción y con la misma, escasa frecuencia; lo más

difícil de los ratos que debía dedicar a atenderlos era mantener encerrada a Yuyis.

De modo que podía dedicarse a sus fantasías. Su escritorio siempre estuvo en un pasillo, a la vista de todos, pero Marlene sabía quedarse quieta detrás de una revista, o masticando largamente un bocado, mientras imaginaba.

70

—Ya hicimos una vez esto —dijo Yuyis.

—¿Y qué?

—¿No te gusta así como variarle?

No hubo respuesta y Yuyis continuó pintando la tela de azul.

De pronto Marlene dijo:

—¿O qué, ya no te gusta jugar?

—No —dijo Yuyis—, sí me gusta.

—Ya con eso está bien. Ve a donde tengo los casets y tráete uno.

71

Lo primero que Marlene escuchó fue el ruido de los pasos que se aproximaban a la puerta, salpicados de voces y clics. Luego la puerta tronó al abrirse, como si estuviera llegando un ejército.

Marlene comprendió de inmediato, pero su primer pensamiento claro fue que nunca había registrado a Yuyis y que hacerlo habría servido, cuando menos, para evitarse varias dificultades de las que ahora, sin duda, iba a tener.

Luego se le ocurrió también que Yuyis misma tendría numerosos problemas en su vida futura, y esta pensamiento la sorprendió: siempre había creído que la detestaba. Entre golpes y ruidos de puertas que se abrían, comenzaron a oírse gritos. Un hombre armado apareció en el fondo del pasillo. Marlene tuvo tiempo de sospechar que tal vez no era tan mala persona como siempre había creído, y esta idea la confortó.

72

—A ver. Entonces —dijo el hombre— son diez de mujeres, cuatro de gays y una de animales.

—Y la de niños —dijo Marlene—, es una caja entera de niños.

—Son VCDS —dijo el otro hombre.

—¿Y qué?

—Ya ahora ya la gente quiere puros clones.

—Es lo mismo, Goyo —contestó Marlene.

—¿Pero no les puede decir que ya las hagan en DVD?

—Ahora que los vea —le aseguró Marlene, sin ningún interés. Bastante le costaba mantener la buena voluntad de los amigos que le quedaban en el negocio.

Sus clientes acostumbraban venir de tarde; el pueblo estaba realmente lejos de la casa, y en verdad nunca había curiosos que se aventuraran por aquel sitio, en el que sólo había, además de la propia casa de Marlene, dos o tres más, todas deshabitadas y en ruinas; ni siquiera se conservaba, entre las personas del municipio, la historia de aquellos regidores que se habían robado tanto dinero durante tanto tiempo y a quienes, al final, ni siquiera les había alcanzado para terminar la construcción de esas moles grises y resecas.

Sus distribuidores se marcharon cargando las cajas, que se venderían por todos los municipios circundantes. Nunca entraron en el cuarto de junto, donde Marlene guardaba sus propias películas.

73

En sus fantasías Marlene castiga a Yuyis, incesantemente, y el signo más claro y constante de que su víctima está desvalida es la desnudez. Yuyis hace desnuda las tareas de la casa, come desnuda, duerme desnuda, la espera desnuda cuando Marlene sale a trabajar, le suplica desnuda que le pegue, que no la eche, que le permita hacer una película más.

Sin embargo, cuando Yuyis tenía cuatro o cinco años, Marlene volvió de la oficina para encontrarla cubierta con una sábana y, peor todavía, con un brasier y unos calzones de ella puestos con varias vueltas y nudos para que se ajustaran a su cuerpo. No era la primera vez que sucedía, y Yuyis se justificó, también, como otras veces:

—Tengo frío —le dijo, pero su tono era (Marlene lo percibió con claridad) desafiante, como el que usaban las niñas perversas o las mujeres asesinas de la televisión.

A partir de entonces, Marlene no la forzó a desnudarse con la misma constancia. Muchas noches llegó a permitirle que se pusiera un suéter; una vez llegó a comprarle un camisón, aunque se arrepintió antes de entregárselo.

74

–Pues más o menos la mueves cogiendo.

Yuyis no contestó.

–Se dice gracias.

–Gracias –dijo Yuyis.

El licenciado terminaba de vestirse. Cuando estaba anudándose la corbata, de pronto, se detuvo y se sentó en la cama.

–¿Otra vez? –preguntó ella, y asumió una pose sensual, con los ojos cerrados, la boca abierta y las rodillas flexionadas, lista para abrir las piernas cuando se le pidiera.

–No, no, espérate. Oye. ¿Tú qué?

Yuyis abrió los ojos.

–¿Trabajas con la señora Marlene? ¿Vives aquí? ¿Eres parienta suya?

–Soy su hija.

El licenciado se quedó en silencio por unos momentos.

–Dime. ¿Viene mucha gente contigo?

–¿Qué?

–¿Con cuánta gente coges?

–De uno en uno.

–¡No, a cuánta gente más mete aquí tu mamá!

–Nada más usted.

El licenciado volvió a quedar en silencio. Yuyis pensó que podría acariciarlo, pero al levantar la mano el hombre ni siquiera volteó a mirarla. Yuyis se quedó con la mano levantada.

–¿Sabes –preguntó el licenciado, todavía sin mirarla– que esto que te hace es contra la ley?

–¿Qué?

–¿Eres idiota?

–Sí, señor, sí, señor, sí, señor –dijo Yuyis, mientras bajaba la mano y volvía a cerrar los ojos.

75

–Sí, sí –dijo la actriz en la película.

–Sí, sí –dijo Yuyis.

–Otra vez –ordenó Marlene.

–Sí, sí –volvió a decir Yuyis. Realmente procuraba imitar la voz que se escuchaba en el televisor. Fueron muchos meses de entrenamiento mientras Marlene grababa una serie de cintas que luego nunca quiso volver a ver.

–Es aburrido –dijo Yuyis.

–Síguele. ¿O quieres ir a la escuela?

–¿Qué?

–Síguele y cállate. O habla, pues… –Marlene quiso corregirse de nuevo, empezó a tartamudear, cerró los puños, se levantó y apagó el televisor.

76

En las noches, cuando Marlene dormía más profundamente, Yuyis se levantaba, se echaba algo encima (las noches eran frías todo el año) y bajaba hasta la sala, donde estaba la televisión. La idea se le había ocurrido, precisamente, viendo un programa en el que una niña hacía lo mismo. Durante los primeros dos o tres meses, veía las imágenes sin sonido; poco a poco fue atreviéndose a más.

Con el tiempo, y con la ayuda de los ejemplos que veía en los canales disponibles (nunca ponía las películas de entrenamiento, como las llamaba Marlene), aprendió a leer los números del reloj para saber cuándo debía regresar a su cama. También aprendió a leer algunas palabras: los nombres de cantantes y actores, los de algunos programas y marcas. No distinguía tan claramente las letras, pero casi nunca sentía curiosidad por las largas listas de nombres que podía hallar en los créditos de un programa o en las revistas que Marlene tenía y que dejaba tiradas por la casa.

Le encantaba ver los videoclips con hombres y mujeres que bailaban, contoneándose, siempre alegres y sensuales. Cuando nadie la oía, tarareaba las canciones. Una vez se le escaparon unas cuantas notas enfrente de Marlene, y cuando ella le preguntó:

–¿Qué es eso? –ella le dijo el nombre de la canción y Marlene se puso a conversar con ella, como si nada. Por la noche, después de mucho tiempo de no emplearlo, Marlene volvió a sacar a Dildo.

77

Yuyis escuchó, como otras veces, una discusión entre Marlene y el licenciado. Éste entró en su cuarto e hizo lo que había ido a hacer, pero cuando terminó, como aquella otra vez, se demoró un rato.

–Oye, ¿me harías un favor?

Yuyis creyó entender, pero el licenciado no le permitió arrodillarse.

–No, espérate, es en serio… ¿Tú sabes cuándo viene la gente de las películas? ¿Sí? Mira: nos vamos a chingar a tu mamá y pues me imagino que querrás que nos la chinguemos, ¿no? Ten.

Yuyis tendió la mano y reconoció que el objeto era un teléfono celular.

–¿Para mí?

–Sí, sí, para ti. Es mi regalo de cumpleaños.

Yuyis se sintió muy conmovida, pero el licenciado siguió hablando:

–Cuando nos quedemos con su negocio de tu pinche madre te voy a dar más regalos. ¿Me entiendes? Pero me tienes que ayudar.

78

–Pinche Yuyis –decía Marlene siempre que le quitaba el pañal y descubría que la niña tenía llagas otra vez–. Ya te dije que avises.

–Pinche made –decía Yuyis, a quien le dolía más el permanecer con el pañal que el someterse las curaciones. Se agitaba y gritaba mientras Marlene la limpiaba y le aplicaba el alcohol. Ya pasaba sola la mayor parte del día, encerrada, pero el clima del pueblo es extremoso: sólo estaba cómoda en los meses del verano.

–Cállate, que yo soy tu madre –decía Marlene, mientras le echaba talco.

–Pinche made –repetía Yuyis, y de vez en cuando daba una patada tan fuerte como para hacerle daño.

79

Pasaba de la medianoche. Para darse valor, Yuyis jugaba con Dildo, pero al fin pensó que no podía dejar pasar más tiempo.

Sacó el celular de su escondite, marcó el número que le dio el licenciado y, después de escuchar un par de veces el tono de llamada, lo oyó decir:

–Es como de espías, cabrón, tú ya quisieras… –y una voz desconocida respondió algo que Yuyis no pudo entender–. ¿Quién es?

–Yuyis –contestó ella, emocionada: nunca había llamado a nadie.

–¿Ya van a llegar?

—¿Quién?

—Los de las películas.

—Ah, sí, ya aquí están.

—Orale pues, ya sabes. Ahorita mismo te me sales…

—¿Qué?

—Que te sales.

—¿Me salgo?

—A menos que quieras que te metan al bote…

—¿Qué es eso?

—Te digo que ésta es como retrasada –dijo el licenciado, y Yuyis entendió que no le hablaba a ella–. Hazme caso. Sal de tu casa ya. Sal ya y vente corriendo derechito para acá.

—¿Para dónde?

—Dile que si yo le puedo dar un trabajito –dijo la otra voz.

—Cállate. Mira, niña, te tienes que salir y venirte para acá…, para el edificio del Ayuntamiento…, porque si no te va a cargar la chingada –y colgó.

Yuyis pasó un rato largo sin moverse, sentada en su cuarto, temblando. De pronto no sabía qué hacer. No sabía qué era el Ayuntamiento ni dónde estaba. Y el licenciado no le había dicho jamás que a ella le podía pasar algo cuando a Marlene le hicieran lo que le iban a hacer.

Entonces escuchó los motores que se aproximaban: eran muchos, y más fieros y más potentes de lo que nunca había imaginado, por lo que echó a correr, desnuda, con el celular en una mano y Dildo en la otra, y alcanzó la puerta y sintió el frío pero no se atrevió a detenerse, y tropezó a los pocos pasos, con lo que el teléfono escapó de su mano, pero ella volvió a levantarse, gritando de terror, y llegó hasta la carretera y comenzó a alejarse, cada vez más deprisa, porque le parecía que cada grito suyo era también el de alguien más que iba a caerle encima.

80

–Córrele, güey –grita uno de los del camión, pero el sonido de sus pasos desaparece en el escándalo de todos los que han entrado en la casa.

–Policía –gritan los agentes–, policía.

Marlene, en el vano de la puerta de la cocina, se pregunta dónde está Yuyis. El primer policía se deja ver al final del pasillo. Parece una escena tomada de una película: uno de esos instantes eternos.

Para no ver más al hombre, Marlene alza una mano; halla los interruptores y apaga las luces.

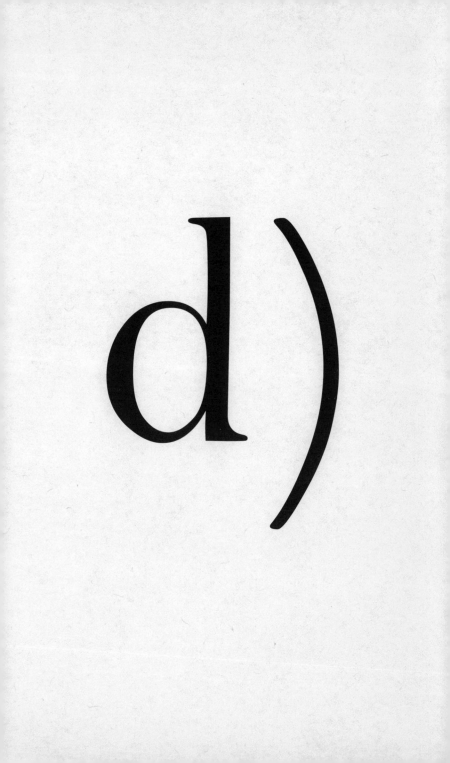

Era más romántico quizá cuando
arañaba la piedra
y decía por ejemplo, cantando
desde la sombra a las sombras,
asombrado de mi propio silencio,
por ejemplo: "hay
que arar el invierno
y hay surcos, y hombres en la nieve".

LEOPOLDO MARÍA PANERO

81

busko ligue dice: k pso xikitin!!! k acs????

Tu Señor Golo dice: Hola.

busko ligue dice: mxos dd n t veia

Tu Señor Golo dice: Estaba ocupado.

busko ligue dice: kmo xa djarm sola?????

Tu Señor Golo dice: Disculpa, ¿"xa" quiere decir "para"?

busko ligue dice: cl k s

Una pausa.

busko ligue dice: zzzzz

Tu Señor Golo dice: Y lo siguiente que escribiste, supongo, es "claro que sí", mientras que las zetas indican que te impacientaste esperando a que escribiera esta respuesta. ¿No es verdad? ¿Eh?

busko ligue dice: zzzzz

Tu Señor Golo dice: Respóndeme.

busko ligue dice: n cas xksto

Tu Señor Golo dice: ¿Exquisito?

busko ligue dice: k pdo 30on!!! :P

Otra pausa.

busko ligue dice: zzzzzzzzzzzz

busko ligue dice: zzzzzzzzzzzzzzzzzzzzzzzzzzzzzz

busko ligue dice: zzzzzzzzzzzzzzzzzzzzzzzzzzzzzzzz
zzzzzzzzzzzzzzzzzzzzzzz

Tu Señor Golo dice: Si estás tratando de "avergonzar-me" con la acusación de que tengo más de treinta años, como se "vería" en que me niego a usar las abreviaturas que tú empleas, te será muy difícil. No sólo porque en verdad paso ya de los treinta, y nada puedo ni me inte-resaría hacer al respecto, sino además por las siguientes razones y agradece que las pondré en notas separadas:

busko ligue dice: zzzzzzzzzzzz

Tu Señor Golo dice: Primera, el poder que yo tengo y que puedo ejercer no depende de mi edad.

busko ligue dice: n cas

busko ligue dice: mmon

Tu Señor Golo dice: Segunda, tú sabes perfectamen-te que mi interés en estas cuestiones es verdadero y que realmente ando en busca de una persona obediente para entablar una relación. En caso contrario no seguirías hablando conmigo a estas alturas.

busko ligue dice: uy

Tu Señor Golo dice: Tercera, ya sé quién eres.

Otra pausa.

busko ligue dice: uy k

Tu Señor Golo dice: Sé que no eres mujer.

busko ligue dice: miedo

Tu Señor Golo dice: Y por lo demás sospecho que tampoco eres menor de treinta.

Tu Señor Golo dice: No suenas tan auténtico como crees. Te esfuerzas demasiado.

Otra pausa.

Tu Señor Golo dice: He hablado contigo muchas veces. Te conozco. Crees que las mujeres son todas sumisas y estúpidas, pero con eso te ocultas el hecho de que más bien eres tú quien quiere ser sumiso y estúpido.

Otra pausa.

Tu Señor Golo dice: Aún estás ahí.

busko ligue dice: s

Tu Señor Golo dice: Escribe bien.

busko ligue dice: Si

Tu Señor Golo dice: "Sí" va con acento. Y usa el punto.

busko ligue dice: Sí.

Tu Señor Golo dice: Te conozco. He hablado contigo. Dime. ¿No hemos tenido hermosas fantasías juntos?

busko ligue dice: Sí.

busko ligue dice: Han sido hermosas

Tu Señor Golo dice: Espera a que yo haya escrito y entonces contesta. Si quiero dejarte ahí esperando tú esperarás lo que sea necesario.

busko ligue dice: Sí.

Tu Señor Golo dice: ¿Te gustaría dejarte de tonterías, de masturbarte mirando tu pantalla? Tú puedes dejar de fantasear y hacer de veras lo que quieres hacer.

busko ligue dice: Sí.

Tu Señor Golo dice: Te estoy hablando en serio.

Otra pausa.

busko ligue dice: Te digo que sí.

Tu Señor Golo dice: Tendrás que hacer lo que yo te diga, empezando por usar la identificación que te voy a dar. Harás lo que te diga. Nos veremos donde y cuando yo diga.

Una pausa muy larga.

Tu Señor Golo dice: Responde ya o no volverás a hablar conmigo.

busko ligue dice: Sí.

Tu Señor Golo dice: Dime el nombre de una persona a la que odies. Y dime por qué.

busko ligue dice: Edmundo. Mi jefe. Es un pendejo.

Tu Señor Golo dice: Tu nombre para hablar conmigo será Mundo. Porque yo quiero. Porque tú debes saber lo que vales y cuál es tu lugar.

Golo esperó.

Mundo dice: Ya lo cambié.

Mundo esperó, temblando. Los dientes le castañeteaban y tenía una erección enorme. Su cuerpo nunca le había hecho nada semejante.

82

—Sí, ay, espera.

Golo no hizo caso y volvió a empujar.

—Me duele. ¡Ay! ¡Es en serio! ¡Oye, espérate…!

Golo no esperó. Tampoco se detuvo ni disminuyó la fuerza con la que empujaba, una vez, otra vez, otra.

Mundo se quejó una vez más, débilmente, y luego se quedó callado. Estaba descubriendo algo en el dolor que crecía y luego se asentaba en una parte nueva de su cuerpo. Y también eran distintos la insistencia, el descuido de Golo, y el mal olor del cuarto, y la lejanía del hotel…

83

Cuando viajaban en alguno de los coches, él, acurrucado en el piso, casi siempre podía ver por la ventanilla las luces de la calle, que pasaban una tras otra a intervalos regulares. Pero ahora no podía ver ninguna. Esto era inusitado.

—¿A dónde vamos? –preguntó Mundo.

Y esperó la bofetada o el golpe del bastón, pues se le había ordenado mantenerse callado. Pero no hubo ninguno de los dos castigos.

—¿No tienes frío? –preguntó Golo, quien estaba junto a él pero bien sentado, mirando hacia fuera.

Mundo se sintió inquieto por la pregunta, que también era de lo más infrecuente.

—Ven, siéntate –dijo Golo, y tomó a Mundo por un brazo para alentarlo a incorporarse. Después de un momento, por primera vez en los años que llevaba con Golo, Mundo sintió bajo su piel la piel del asiento. Tocó con la mano uno de los descansabrazos. Ahora, de pronto, tenía frío. Golo había vuelto a mirar hacia fuera.

Mundo observó que avanzaban por una carretera y que la ciudad ya estaba a sus espaldas, muy lejos.

84

Mundo pudo ver que Andrea no era estúpida: entendió que algo andaba mal, y le mostró su inquietud, desde las primeras semanas.

Mundo –ya pensaba en sí mismo dándose ese nombre, como si fuera una palabra amorosa, asignada en un juego tierno y secreto– sabía bien que peleaban menos porque a él ya no le interesaba pelear y prefería evitarla. Incluso, se avenía a pasar tiempo con la niña –que era insoportable–, se encargaba de cambiar los pañales del bebé y había dejado de discutir respecto del nombre de éste, los detalles del bautizo, las sugerencias de los suegros.

Ya una vez, incluso, le había dicho:

–Mira, ya lo pensé, tú eres la madre: los niños son más de la madre que del padre. Son más de la familia de la madre. Está bien, pues. José Luis es lindo nombre. Tu papá va a estar contento.

Y sonreía al ver la cara de desconcierto de Andrea, quien habría preferido (pensaba) signos más fáciles de descifrar. Pero él ya no se quedaba casi nunca hasta tarde en la oficina, ya no rechazaba a Andrea cuando ésta le proponía salir, ya no evitaba contarle los sucedidos nimios con su jefe o con sus compañeros de trabajo.

No le bastaba el tiempo que podía dedicar a Golo en la oficina, y a veces llegaba a encerrarse en el pequeño estudio que habían acondicionado en su departamento y a encender su propia computadora. Sin duda, Andrea creería que se desvelaba visitando sitios porno, y en verdad la rutina no variaba: él eyaculaba en trozos de papel higiénico que tiraba al excusado y limpiaba el registro del navegador para que no quedara rastro de los lugares que frecuentaba.

Pero ahora eran direcciones más extrañas que antes: foros abandonados que nadie había retirado aún de la red y permanecían enterrados y desiertos salvo por personas como Golo y él. Otros de los que llegaban a dejar mensajes parecían miembros de bandas criminales o traficantes de diversos tipos; ninguno de los dos les prestaba atención mientras se enviaban porciones de su fantasía compartida, o se describían, uno el esclavo y el otro el amo, impacientes por estar juntos. Luego, Mundo limpiaba, apagaba el aparato, iba hasta el cuarto de los niños y les daba besos y abrazos antes de ir a la cama de Andrea.

85

Una mañana, Mundo se miró en un espejo del sótano y descubrió que había adelgazado. El hecho lo sorprendió; no habían pasado sino algunos días desde que las infecciones en su vientre y sus piernas habían sanado: aún era posible ver los agujeros de las perforaciones mal hechas.

Él se había quedado en la cama —en una cama— durante muchos días, mientras un doctor discreto y una enfermera lo atendían. Golo se había mantenido lejos. Y ahora todo estaba como al principio: los empleados de la casa lo ignoraban; Golo lo trataba como siempre y pasaban muchas horas juntos; había vuelto a dormir sobre el tapete.

Pero Mundo dijo: —Se necesita mucho valor —y su voz sonó como siempre. Esto le extrañó también, pues había escuchado que algo le ocurría a las personas que pasaban mucho tiempo sin hablar. Se tendió en el piso, como tantas otras veces, a esperar a Golo, pero apenas podía dominarse: levantaba una mano, la otra, una pierna, o se arqueaba para apartar su espalda del piso, que le parecía helado.

86

—Todo está bien —dijo Golo—, tranquilo —y el coche siguió avanzando por la carretera.

87

Esa noche se quedó un poco más tarde. No hacía falta, pero deseaba estar seguro de que nadie lo vería: como la primera vez ante la pantalla, estaba temblando. Pensaba que debía estar alegre, emocionado, por lo menos aliviado: nunca más las obligaciones de la casa, los chillidos de los niños, las discusiones.

Después de unos minutos se levantó y caminó hasta el baño.

Al salir, dijo:

—Se necesita valor —y volvió a decirlo varias veces, en voz alta, a las paredes del corredor, del área común, de su cubículo.

Cuando por fin salió de la oficina, como habían acordado, no recogió su coche en el estacionamiento. En cambio, bajó a la calle y tomó el autobús que Golo le había indicado. Pudo encontrar un asiento y se quedó sentado en él hasta el final del recorrido. Le llamó la atención una mujer morena, fea, que dormía despatarrada en un asiento cercano; sobre ella –en realidad no la sostenía– estaba dormida una niña muy pequeña y rubia. De pronto, el autobús hizo una parada y la niña cayó al suelo, de donde la mujer la recogió con un solo movimiento velocísimo y casi sin abrir los ojos. Entonces Mundo observó que la niña –había empezado a gritar por el dolor o por el susto– era tan morena como la mujer pero tenía el pelo pintado: ya mostraba un par de centímetros de raíces negras.

Mundo bajó del autobús y se confundió con las personas que avanzaban a su alrededor. Hasta este momento se dio cuenta de que llevaba horas resistiéndose, conteniendo un impulso que se sentía como el último regusto del vómito en la garganta. Todo lo que deseaba era volver al edificio, recoger el coche, regresar a su casa y acostarse en la cama con Andrea. Luego cambiaría de cuentas de correo electrónico, cambiaría de teléfono, negaría para siempre –y del modo más razonable– que pudiese haber tenido jamás una relación con el hombre que ya lo esperaba, en la esquina convenida, en un coche pequeño y viejo y acompañado solamente por un guardaespaldas.

Él era un pobre empleado. Nadie. ¿Qué iba a querer con él un hombre como el que estaba abriendo ya la portezuela del coche?

Entonces pensó que le daba miedo ser libre. Que tenía que ser libre. Que nunca había hecho nada a favor de sí mismo. Que alguna vez debía romper sus ataduras y afirmar su propia valía y su propia independencia. Todo el tiempo, todo el tiempo, Andrea se quejaba de lo mismo. Sus compañeros de trabajo se quejaban de lo mismo. La niña y el niño, cuando les llegara el momento, se quejarían de lo mismo.

Sintió ganas de decir algo, de gritar; se limitó a entrar en el coche. Durante el trayecto sintió un nudo en la garganta y lloró en silencio.

En cuanto estuvieron en la casa, y el guardaespaldas se hubo marchado, Mundo se desnudó. Luego se puso el collar que Golo le tendía y se inclinó hasta tocar con la frente el piso de cemento, justo ante la punta de los zapatos de su amo.

88

—El niño ya tiene cuatro años. No sé qué decirle, así que más bien no le digo nada… ¿Estás ahí…? Ahora le digo a mi mamá que a todo se acostumbra una, y pues, sí, sí es cierto. Pero el otro día que llamaste, él, el niño, Luisito, me oyó y preguntó quién era. Y yo, pues, ¿qué le voy a decir?

Mundo estaba acuclillado en el piso, lejos de la mesa donde estaba el teléfono. Golo era quien había marcado, quien le había acercado el auricular para que saludara y quien lo había apartado con un gesto, pero los dos debían estar, sin duda, igual de sorprendidos: hacía mucho tiempo que Andrea no se encontraba con ánimo de platicar.

Y Mundo ya no podía imaginar qué pensaba ni cómo le iba.

—Ni siquiera le puedo decir que se enoje o que te vaya a buscar algún día para que le expliques por qué… —un sonido ahogado, indescifrable—. El mes pasado fui otra vez, ¿te dije? A la delegación. A preguntar. Y otra vez lo mismo. Que seguramente te fuiste con otra. Que para qué hacer escándalo. Y cuando insistí, cuando les quise enseñar las grabaciones, llegó el mismo tipo de la vez anterior, el mismito, a decir lo mismito… ¿Le pagas tú? ¿Le paga la persona con la que estás? ¿De veras eres tú el que dice que no me meta en más problemas, que te apoya gente —otra vez el sonido—, gente importante?

—Ya basta —dijo Golo, y colgó.

Nunca volvieron a llamarla, y Mundo no supo jamás si Golo dejó de pagar a todos los encargados de vigilar a Andrea, entorpecer sus investigaciones, facilitar el contacto cuando Golo lo decidía.

89

La cruz tenía forma de X, con grilletes para atorar las muñecas y los tobillos. Pero era mucho más incómoda de lo que parecía. Sólo la usaron un par de veces y luego se quedó allí, en su cuarto, junto con otros juguetes desechados.

–Oye, Jaime, oye.

Mundo no sonrió, Golo nunca permitía que sus invitados usaran su nombre de pila cuando estaban en casa.

–¿Qué pasó, don Genaro? Por cierto, gracias por invitarme.

–Ah, sí, sí, aquí tienes tu casa, ya sabes. Cuando quieras. Oye…

Hablaron durante unos minutos sobre política, el clima, el padre de Golo y sus negocios, el proceso de don Genaro, que desde luego no iba a llegar a nada pero debía seguir su curso. Mundo se distraía escuchando la música o mirando los retablos y las estatuas; de vez en cuando se atrevía a mirar también a algunas de las parejas que bailaban y a la única otra esclava en la fiesta: una muchacha muy pequeña y delgada, desnuda como él y con una traílla semejante, a los pies de una mujer de aspecto severo que de vez en cuando le pellizcaba la nariz o una mejilla.

Por fin, el hombre –el viejo: a Mundo le parecía aún más repulsivo en persona que en fotografías– pasó un brazo sobre el hombro de Golo y se acercó a él para decirle:

–¿Y nunca te dan ganas de conseguirte…?, sin ofender, ¿eh?, este… Jaime, hijo, ¿cómo se le habla aquí a tu…?

–No le hable, se va a aburrir –dijo Golo. Mundo, tumbado en la alfombra junto al sillón, le golpeó gentilmente (con la cara, como un gato) una de las piernas.

—Sin ofenderlo a él —dijo el viejo a Golo—, pero dime, francamente, ¿realmente te gusta tanto? ¿Qué le ves? Con perdón —le dijo el hombre a Mundo.

—¿Qué le digo, don Genaro? A todos —dijo Golo— nos gustan cosas distintas.

—Bueno, sí, la carne es débil —dijo el otro, y tomó un sorbo de su whisky—, ya sé que yo no soy quién para criticar a nadie, pero… ¿No te gustaría más… un…?

Hizo un gesto con las manos. Mundo no supo descifrarlo pero conocía numerosos detalles sobre ese hombre, la historia de los procesos y los testimonios: apenas llevaba tres meses viviendo con Golo y aún recordaba lo leído en los periódicos.

—¿Alguien más joven? —dijo Golo.

Mundo no cambió de posición.

—Pues sí. Tú todavía eres joven, pero tu…, bueno, él no tiene mi edad pero tampoco es un chamaquillo.

—Nunca me han gustado los niños.

Mundo seguía inmóvil, pegado a la pierna de Golo.

—Pues no entiendo por qué —dijo el viejo, riéndose, y Golo rió también—. Supongo que es de confianza, ¿verdad?

—No tiene muchas opciones —dijo Golo, y comenzó a dar golpes sobre la oreja de Mundo—. ¿Verdad, tú?

Mundo no supo qué responder.

—Oiga, por cierto, don Genaro —dijo Golo, sin dejar de golpear—, le quería preguntar, aprovechando. Éste habla, aunque no parezca, y aunque parece idiota, la verdad, a veces hablamos de…, bueno, de cosas.

–¿Sí?

–Hablamos bastante. No es muy educado pero entiende. Hablamos de belleza. ¿Usted alguna vez habla con…?

No terminó. Mundo podía ver la cara del viejo y entendió que su expresión era de desagrado.

–No, no –lo oyó decir–. Cómo crees. Uno es persona madura, con experiencia de la vida… A veces les pido que recen. Me gustan las voces.

Más tarde, esa misma noche, la esclava de la mujer aprovechó un momento para gatear por el suelo y acercársele. Mundo pensó que le hablaría pero se limitó a olisquearlo y, luego de un momento, lamerle la nariz.

91

El hule fue una doble decepción: hubo un error en el primer envío y llegó un traje de mujer, con espacio para senos, demasiado estrecho en la cintura, y luego el error se repitió en tres envíos posteriores, a lo largo de semanas. Golo estaba furioso; Mundo optó por refugiarse en el cuarto diminuto en el que se le permitía dormir en las noches más frías; pasaba horas en el catre, bajo la sábana, mirando al techo o fantaseando. Habría querido una televisión, o por lo menos algo donde oír música, pero no se atrevió a salir y pedirlo: de vez en cuando, lejos, escuchaba gritos.

Y cuando el traje llegó por fin, y Mundo se lo puso –era una prenda hermosa, negra y sin aberturas visibles, y se pegaba a la piel y la ceñía precisamente como Mundo se lo había imaginado siempre—, los dos comenzaron a jugar pero Mundo se sofocó a los pocos minutos. Hubo que cortar el hule para que pudiera salir. En la noche, Golo quemó los cuatro trajes en el fondo de la alberca techada, que había hecho vaciar (entendió Mundo) para la ocasión: no previó que al arder el material arrojaría gran cantidad de humo, y el lugar quedó inutilizable durante casi un mes.

92

La muchacha bailaba como las otras, agarrada de uno de los tubos, pero Golo la señaló y dijo:

—Yo la llamo Caca. Yo lo elegí. Se lo digo y le encanta.

Era alta y desgarbada, de brazos muy cortos para el tamaño de su torso y con una cara extraña: la nariz era demasiado pequeña y los ojos estaban muy separados el uno del otro.

Mundo no comprendió, en aquel momento, lo que Golo trataba de decirle. Estaba intrigado: casi nunca acudían a locales especializados, hechos exclusivamente para personas con sus gustos, y menos a mercados. Y éste era uno de lujo. Todos los clientes eran como Golo, hermosos y esbeltos y seguros de sí mismos, y todos los demás se veían sanos, bien dispuestos, con sonrisas auténticas.

—Dime. ¿Qué te parece?

Mundo, un poco sorprendido, se aclaró la garganta.

93

–Habla.

–Sí. Sí. Sí, señor.

Mundo hundió la cara en la almohada. Pudo adivinar el aroma de su propio sudor pero también, por debajo, el olor de la tela. Le recordaba su infancia. Sin estar atado a ningún recuerdo concreto, el olor le hacía pensar en noches largas, en su cuarto, en descargas silenciosas sobre la alfombra, donde nunca limpiaban.

–Más, por favor, señor, más –pidió.

94

Al salir de una fiesta, Golo señaló a Mundo a un hombre mayor, con el cabello blanco y lentes gruesos, que iba acompañado de un muchacho vestido de etiqueta. No se molestó en ocultarse: los señaló con el dedo y hablando en alta voz:

–Mira. Ése de ahí también es esclavo. El niño de la corbatita.

Los dos se quedaron mirando a Golo y Mundo.

–Es sólo que el esclavo se encuera hasta llegar a casa. Un hipócrita. Y el dueño también.

Los dos se apresuraron a salir de la casa y subir al coche que ya los esperaba. Golo se demoró un poco más conversando con la anfitriona de la fiesta, quien deseaba venderle algo a Golo. Mundo nunca supo qué era:

–Al sultán le encantaron cuando vino. Seguro que a usted también le encantarán –decía ella.

—Mándeme diez a mi casa de aquí –contestaba Golo, pero si las diez llegaron Mundo no se enteró. Desde luego, podía tratarse de algo relacionado con las obligaciones de Golo: las ocasiones en que salía de traje y corbata, y lo dejaba encerrado en el sótano, atado en algún sitio, con algún aparato inserto o la cara pintada o arreglos de plumas y piedras.

95

El coche se detuvo en la cuneta.

—Sal –dijo Golo.

Mundo miró a Golo y luego al chofer, que permanecía con la vista al frente. Bajó del coche. Empezaba a llover. El chofer bajó con un paraguas con el que cubrió a Golo.

—Levántate.

Mundo se puso de pie. La lluvia se sentía helada. Quiso acercarse a Golo pero, antes de poder hacerlo, éste le dijo:

—Quítate el collar.

—¿Qué?

Mundo miró para un lado y para el otro. Luego se obligó a decir:

—¿Qué dice mi señor?

—Quítatelo –insistió Golo, y mientras Mundo obedecía agregó–: Aquí nos despedimos. Aquí te quedas. No te quiero volver a ver, así que no vayas a regresar, ¿entendido? Ya. Fuera. Largo.

Mundo no se movió. No podía. La lluvia seguía cayendo y todo lo que podía ver, más allá de Golo y el chofer del coche, era la luz de los faros, que se reflejaba y se rompía en los charcos.

96

–Señora, soy yo, Fernando.

La mujer colgó. Mundo volvió a marcar. A la tercera vez, escuchó, lejos del auricular, la voz de Andrea, que gritaba algo.

–Señora, por favor, señora, escúcheme –dijo Mundo–. Ya sé que le han hablado antes, pero es que… Me tienen secuestrado, me obligan, me están apuntando con una pistola. Por favor, por favor ayúdenme.

Pero no pudo continuar porque comenzó a reírse. Golo colgó el teléfono.

–¿Muy chistoso? –le preguntó–. ¿No te puedes mantener serio? ¿Te gana? ¿Te gana la risa? –y se quitó su cinturón, que era de cuero y tenía una pesada hebilla.

Mundo estaba asustado, pero pudo hacer bien esa parte de la rutina: dio las gracias tras cada golpe y se retiró a que lo curara una de las muchachas del servicio.

97

–Hay –concluyó Golo– como una belleza simplemente, en el doblegar a otros a tu mente –y bajó la hoja.

Mundo ya había averiguado que, en algunas ocasiones, otras personas se encargaban de escribir por él.

—¿Mi señor me permite? Sin el "como". Suena más, pues, más seguro de sí mismo.

—¿Qué no viste que es un poema? Si le quito palabras no mide el verso lo que debe medir.

—Que mi señor me perdone —pidió Mundo, y tocó el piso con la frente.

—¿Entonces sí está bueno?

—Lo que mi señor diga.

—¡No, dime en serio!

Mundo pensó en qué podía decir y recordó algo que había leído en una revista o tal vez escuchado en la secundaria, mucho tiempo antes.

—A lo mejor se puede poner otra palabra, mi señor, es decir, en lugar del "como", para que el verso siga midiendo lo mismo.

Golo se quedó mirando la hoja.

—No —dijo—. No. Hazlo tú si quieres —y tiró la hoja al piso.

98

—Te estoy diciendo que hables. ¿Qué te parece?

—Me gusta —gritó Mundo, para hacerse oír en medio de la música—. Me gusta que haya un lugar así. Me gusta que haya gente que haga esto y que venga y se sienta bien, que no sean hipócritas. Y me gusta que sea gente bien, que no esté sucio. Todo el

mundo piensa que todo esto es sucio, pero aquí se
ve…

–Sí, sí, ya, ya, ya. Siéntate –ordenó Golo, y Mundo se
sentó en el piso–. A ver, muertito –y Mundo se hizo el
muerto, con los brazos encogidos y las piernas levanta-
das–. Da vueltas.

Al dar vueltas, Mundo golpeó con las piernas el brazo de un hombre. La botella de cerveza que sostenía se
le vació en el pecho. El hombre se puso de pie, volteó a
mirar a Mundo, lo vio desnudo y con su collar de perro,
y levantó la vista para mirar a Golo.

–Oiga –empezó a decir, irritado, pero en cuanto vio a
quién le estaba hablando se quedó en silencio y volvió
a su mesa.

–Yo te preguntaba qué te parecía Caca –dijo Golo–.
Es más joven, es más bonita…

–¿Qué dice mi señor? –preguntó Mundo. Golo había
hablado en voz muy baja.

99

–¿Qué le dejó de gustar a mi señor? –gritó Mundo.

Golo movió su pierna pero Mundo no se soltó.

–No es que nada… –empezó.

–¿Ya no quiere mi señor…?

–No hables así.

–A mi señor le gusta.

–Ya basta. Hasta parece que eres…

–Soy lo que mi señor quiere que sea. Hago lo que

me dice, digo lo que me dice, pienso lo que me dice. Mi cuerpo está para lo que él me dice. Mi…

Golo hizo un esfuerzo y consiguió apartar a Mundo de una patada. Éste cayó hacia atrás y no se levantó. En cambio, se quedó mirándolo desde el piso. Sobre todo, estaba sorprendido: no lo había visto venir.

–Bueno –dijo Golo–, podría haber sido peor. Podrías haber empezado a hablar normalmente. Así habría visto que no te tomas muy en serio nada de…

Mundo sintió alivio. Sorbió ruidosamente, como un niño, y volvió a arrodillarse. Besó los zapatos de Golo, los lamió, apenas sintió la patada en la boca que lo hizo recular.

–Mi señor sabe –dijo, con la vista en el asfalto– que esto es serio para mí. Que lo dejé todo por mi señor. Que he sido bueno y obediente. Que soy estúpido y que soy…

–Te doy dinero. ¿No? Por el tiempo.

Mundo no levantó la vista.

Después de un momento, oyó que la portezuela del coche se cerraba. Quiso mirar: el coche ya daba una vuelta en U para regresar por donde había venido.

Buscó el collar, que se le había caído, pero no lo encontró.

100

Al amanecer, tembloroso, helado por la lluvia que no había dejado de caer, consiguió parar un coche. Primero no supo qué decirles: luego explicó que lo habían asaltado y lo habían dejado allí. Le echaron una chamarra encima y lo llevaron a un pueblo que nunca había visto. Bajaron en una fonda de las afueras y allí le tendieron una toalla. También le pusieron enfrente un teléfono: él comprendió que esperaban que llamara a alguien que fuese a recogerlo.

Marcó el número que sabía, el único: todos los otros los había marcado Golo, a medida que se sucedían las mudanzas. Le contestó una voz que no conocía. Colgó sin responder.

Los conductores del coche ya se habían marchado. La dueña de la fonda le miraba la entrepierna, que había quedado descubierta. Él trató de recordar algún otro teléfono, pero incluso antes de llegar a alguno que pudiera servirle pensó que su situación no era desesperada. Aun si no recordaba los datos de ninguna persona, si no conseguía dinero para salir de allí en un camión o un taxi, podría pedirle prestado a esta mujer, cualquier cosa, ropa usada y unos zapatos viejos, y caminar. Podría tardar el día completo, y sin duda llegaría exhausto, pero volvería a la ciudad y allí encontraría a alguien, a alguno de quienes lo habían conocido antes: incluso, llegaría a la oficina, pediría ayuda, inventaría cualquier cosa.

Pero, de pronto, entendió que no deseaba hacerlo. No deseaba ver a nadie. No quería encontrar a Andrea, ni a la familia de Andrea, ni a los hijos de Andrea. No quería volver a su trabajo. No quería volver a su vida previa como si nada hubiese pasado. No le gustaban las mujeres. No le gustaba ponerse en pose de padre de familia, hacerse el fuerte. No le gustaba ocuparse de otros.

Lo distrajo la dueña de la fonda, que le arrojó a la cara un pantalón viejo.

—¡Tápese!

Mundo se puso el pantalón.

Iba, pensó, a regresar con Golo. Por lo menos a verlo una vez más, para hacerle ver todo lo que había perdido.

—Gracias —dijo a la mujer, y luego, porque le daba la gana hacerlo, continuó—: Voy a volver, voy a encontrarlo donde esté, y le voy a decir sus verdades. Le voy a decir que como yo no va a encontrar a nadie. Que pronto lo verá. Que ya perdió.

Calló por un momento.

Luego dijo: —Ya, ya perdió. Ya estuvo. Ya.

Era libre. Era absolutamente libre. Y tenía el valor de ser libre. ¿Quién lo iba a detener?

101

De vuelta en la casa, Golo sale a mirar el jardín y finge un momento dramático. De pie bajo el paraguas, levanta la barbilla y trata de mirar el cielo. Recula a la primera gota que le golpea la cara y luego suspira. Imagina su propio rostro, de perfil, contra un cielo que no es el de la ciudad, ennegrecido por las nubes todavía espesas y cargadas, sino el de una película: azul y pleno de estrellas.

No sabe si Mundo sería capaz de volver, de hallar siquiera el sitio, pero ya ha dado la orden de que no se le permita acercarse: otros esclavos lo han intentado y los gritos, los reproches, los ataques de llanto o de rabia ya no le parecen interesantes. Ni siquiera, lo entiende, se emocionaría con una golpiza violenta y fea como las que saben dar sus empleados de seguridad: después de la muerte de Sílfide, el cuarto o quinto de sus "amantes despechados", ninguna violencia le ha parecido igual. Toda primera vez implica mil decepciones posteriores; él mismo ya no se engaña sobre su capacidad de aburrimiento, ni sobre el hecho de que la auténtica felicidad es siempre fugaz.

Después de un momento recuerda que el muerto no fue Sílfide sino Omar. Sílfide llegó después. ¿Cuánto tiempo lleva en estas búsquedas? El único detalle que ha mantenido desde las primeras veces (desde Pollito, los Gemelos, Brenda) es el de abandonarlos absolutamente desnudos, desprovistos de todo, y aun eso, ahora, le ha sabido a poco. Además, no entendió la expresión en la cara de Mundo cuando el coche arrancó sin él, y esto le molesta: ¿habría algo, un rasgo de carácter, una posibilidad de aquel pobre idiota que Golo no hubiese llegado a conocer?

—No —dice en voz alta—. No. No, por supuesto que no.

Se siente inquieto. Pero, justamente por eso, no se resiste a pensar en una música sentimental, ligera y pretenciosa, como la que acompaña a las lecciones de vida y las revelaciones sentimentales en el cine o la televisión.

Rodeado por la música, sin decir nada más, y antes de que empiecen a aparecer en la pantalla los nombres de los actores, recuerda que su nueva esclava ya lo está esperando. Golo entra en la casa y cierra la puerta.

AGRADECIMIENTOS

Este libro está en deuda con Carlos Bortoni, quien me planteó primero la idea de un proyecto "realista" (Nabokov decía que la palabra "realidad" debe estar siempre entre comillas); con Jorge Harmodio, Geney Beltrán y José Luis Zárate, quienes leyeron diversos borradores del texto y me hicieron sugerencias muy valiosas; con Bernardo Fernández (Bef) y Miguel Cane (mi hada madrina) por su generosidad y su impulso; con Martín Solares, Tryno Maldonado y Guillermo Quijas por su amistad y persistencia.

Y con Raquel, como siempre, por todo.

A. C.
México, diciembre de 2008

Índice

Alberto Chimal (Toluca, 1970) debe su fama a cuatro colecciones de cuentos tan originales como intrigantes: *Grey* (2006), *Éstos son los días* (2004), *El país de los hablistas* (2001) y *Gente del mundo* (1998); así como a una colección de ensayos y artículos, *La cámara de maravillas* (2003) y a la antología *Viajes celestes. Cuentos fantásticos del siglo XIX* (2006). Ha obtenido el Premio Nacional de Cuento San Luis Potosí 2002 y el Premio de Cuento Benemérito de América en 1998, entre otros. Es miembro del Sistema Nacional de Creadores. Su sitio web es un punto de referencia para los jóvenes narradores en varios países de habla hispana: www.lashistorias.com.mx. Asimismo, es el primer autor de su generación en ser objeto de un estudio académico: *Mito, fantasía y recepción en la obra de Alberto Chimal*, compilado por Samuel Gordon.

LOS ESCLAVOS

de Alberto Chimal
se terminó de
imprimir
y encuadernar
en octubre de 2009,
en los talleres
de Grupo Fogra,
Mártires de Tacubaya 62,
Colonia Tacubaya,
CP 11870,
México, DF.

Para su composición tipográfica se emplearon las familias Bell Centennial y Steelfish de 11:14, 37:37 y 30:30. El diseño es de Alejandro Magallanes. La impresión de los interiores se realizó sobre papel Cultural de 75 gramos y el tiraje consta de mil ejemplares.

Este libro pertenece a la colección *Mar Abierto*
de Editorial Almadía,
donde se da cabida a los viajes
más ambiciosos y logrados
de la narrativa contemporánea,
aquellos que descubran islas inexploradas
o transmitan la experiencia de la inmensidad oceánica,
que hace posible la navegación.